U0896491

HACKSAW RIDGE
血战钢锯岭

[美] 布特恩·赫顿◎著 巫和雄 李 娟 梁道华 梁佳薇◎译

长江出版传媒 | 长江文艺出版社

HACKSAW RIDGE 德斯蒙德·道斯

德斯蒙德·道斯（1919—2006），二战期间美国第一位不持武器、以医务兵的身份参加了关岛战役、菲律宾莱特岛战役、冲绳岛战役，经历整个美国太平洋战争的传奇英雄。获得了美国最高军事荣誉勋章国会荣誉勋章、英勇铜星勋章、紫心勋章、亚太作战奖章、滩头箭头、陆军品德优良奖章、本土防御服役奖章、总统集体嘉奖令。历届美国总统都会邀请道斯作为美国总统就职典礼的嘉宾。

HACKSAW RIDGE 作者介绍

布特恩·赫顿（1915—2005），参与了诺曼底登陆战以及美军二战史上最血腥的战役之一“突出部之役”，获得五星作战英勇勋章。二战之后，布特恩·赫顿开始从事新闻工作，成为《时代周刊》《纽约每日镜报》《纽约时报》《华尔街日报》等多家主流媒体的首席撰稿人。为了坚持新闻的自由正义，在报道社会黑暗面的时候布特恩·赫顿还曾多次遭到威胁和绑架。与德斯蒙德·道斯为同乡人，且有着共同二战经历与社会使命感的布特恩·赫顿，与其建立了深厚的友谊。并在与朋为伴的岁月里，深刻体悟到战争年代德斯蒙德·道斯坚持信念的力量。最终，在德斯蒙德·道斯的授权之下，写成了《血战钢锯岭》，一举成为军事文学的经典，并使德斯蒙德·道斯坚守信念的传奇感动了无数的人。

HACKSAW RIDGE 内容简介

《血战钢锯岭》是根据二战期间美国太平洋战场上的传奇英雄，国会荣誉勋章获得者德斯蒙德·道斯的真人真事创作的军事文学经典，并获得德斯蒙德·道斯遗产基金会授权出版。《血战钢锯岭》出版至今获得11位美国总统推荐。历经半个世纪，德斯蒙德·道斯坚守信念、勇敢、博爱的形象成为世人心中不灭的传奇。2016年根据本书改编的同名电影《血战钢锯岭》狂揽第89届奥斯卡金像奖6项提名，一举杀入美国百部伟大电影之列。

日军的丛林攻势密集如蜘蛛网一般，轻重型机枪从各种刁钻的角度射来，“地狱恶魔”毫不停顿地收割着美军士兵的生命。在如此惨烈的情况下，美军第77步兵师医务兵德斯蒙德·道斯却坚持不持武器辗转于美军在关岛、菲律宾莱特岛、冲绳岛的整个太平洋战场。并参与了美军二战太平洋战场上史无前例的残酷战役——钢锯岭战役。日军的高射炮、迫击炮、步兵炮、掷弹筒劈头盖脸，两军的拉锯战瞬间让钢锯岭硝烟弥漫、尸横遍野。经过数日惨绝人寰的战斗，筋疲力尽多处受伤的德斯蒙德·道斯没有后援没有武器，仍坚守整夜，机智地躲过日军的扫荡，秉持着“让我再救一个”的信念，无畏地穿梭在枪林弹雨中，徒手抢救了75名伤员，并将他们一个个安全转移到山脊下。美军最后大反攻，夺下了钢锯岭高地。直到在新任务中负伤，德斯蒙德·道斯才走下了战场。

杜鲁门总统在亲自给德斯蒙德·道斯的授奖辞中说道：“杰出的英勇远超出了使命的召唤。”

《血战钢锯岭》是一次对信念和坚守信念的人的伟大致敬，是一部震撼人心的英雄史诗。

图书在版编目（CIP）数据

血战钢锯岭 /（美）布特恩·赫顿著 ；巫和雄等译
. -- 武汉 : 长江文艺出版社，2017.5（2023.3 重印）
ISBN 978-7-5354-9574-7

Ⅰ. ①血… Ⅱ. ①布… ②巫… Ⅲ. ①长篇小说一美
国一现代 Ⅳ. ①I712.45

中国版本图书馆 CIP 数据核字（2017）第 058032 号

责任编辑：雷　蕾　　　　责任校对：毛季慧
封面设计：颜森设计　　　　责任印制：邱　莉　胡丽平

出版：长江出版传媒　长江文艺出版社
地址：武汉市雄楚大街 268 号　　　　邮编：430070
发行：长江文艺出版社
电话：027—87679360
http://www.cjlap.com
印刷：三河市百盛印装有限公司

开本：710 毫米×970 毫米　1/16　印张：14.25　插页：4 页
版次：2017 年 5 月第 1 版　　　　2023 年 3 月第 2 次印刷
字数：150 千字

定价：78.00 元

HACKSAW RIDGE

目　录

德斯蒙德手捧 1945 年 10 月 12 日杜鲁门总统颁给他的宝贵的荣誉勋章。一次返回冲绳岛的途中，这枚荣誉勋章连同两枚铜星勋章、三枚紫心勋章一起遗失了。后来有人奇迹般地捡到了德斯蒙德遗失的那枚荣誉勋章，并于 2016 年 8 月将其归还给德斯蒙德・道斯协会。（加利福尼亚洛马林达大学德尔・韦布图书馆友情提供）

致谢

本书初版名为《最不可思议的英雄》。关于德斯蒙德·道斯的生平及其二战期间的卓越功勋，《最不可思议的英雄》提供的信息最权威。2016年，梅尔·吉布森执导、比尔·梅凯尼克制作的电影《血战钢锯岭》上映，这部反映道斯真实生活的影片主要从本书汲取了丰富的素材。德斯蒙德·道斯协会受道斯的委托，负责保护、保存、管理他的故事和知识产权。协会深知《血战钢锯岭》的爱好者们和评论家们非常希望了解影片以外的细节，遂竭尽所能，研究、核实本书的事实部分之后，决定再版此书。协会经过认真研究，决定充实原书的内容，新增了前言、序和后记，并添加了不少插图。

再版准备工作始于三年前。我们首先认真阅读了美国空军大学的兼职领导学教授、美国空军退役上校肯尼斯·林恩撰写的独立评论和影评。谢谢你，肯尼斯，您的精彩点评使我自始至终能够保持客观公正。我们仔细研究了作者布特恩·赫顿的研究报告和写作札记，这些资料保存在位于密歇根州贝里恩斯普林斯的安德鲁斯大学詹姆斯·怀特图书馆的特别馆藏区，我们也研究了赫顿的业务档案，这些档案收藏在弗吉尼亚州夏洛茨维尔的弗吉尼亚大学的档案室里。洛马林达大学韦布图书馆文物室的塞思·贝茨和迈克尔·奥利瓦雷斯不辞辛劳，花了数天时间，从成千上万页的道斯文件和影集中协助查找我们需要的文章和照片。

早已退休的凯雷斯·达林·瓦格纳放弃休息，重新编辑每个字词乃至标点符号，承担了大量的工作。她还协助核实所有引用许可，调整原有图片和新增图片在文中的位置。编辑在作者和读者中间架起了一座桥梁，争取让作者想表达的和读者所理解的一致起来。没有语言能够表达我们对凯雷斯编辑的感激之情。

道斯协会的每一位工作人员都提供了极大支持和宝贵建议，但是，我要特别感谢以下几位：肯·米特来德自始至终都在出谋划策，弗雷德·诺普尔提供了他的摄影和写作技巧，卢克·安德森用他的智慧和沉稳提供了帮助，巴里·本顿用他的热情和旺盛精力给予了支持，莱斯·赖利亚和约翰·斯瓦福德带来了极大的鼓励。

纪录片《良心拒服兵役者》的执行制片人盖布·魏地拉对故事情节熟稔于心，他是我们的忠实顾问，特地为本书写序。我们也要感谢特里·贝内迪克特。特里是《良心拒服兵役者》的导演和制片人，他和盖布·魏地拉合写了序，并通过这部2004年获奖的纪录片还原了很多背后的感人故事。

本书新增了两个部分。美国佐治亚州前参议员、美国退伍军人管理局前任主任马克斯·克莱兰为本书写了前言，对道斯的故事进行了深刻的透视。马克斯和道斯彼此相识，他本人是位功勋卓著的越战伤残老兵。马克斯，谢谢你为我们这本书定了个很好的基调。

在道斯中年时期，莱斯·斯皮尔有很多年都是他的本堂牧师。道斯去世后，莱斯为他主持了葬礼。莱斯为本书写的后记让我们看到了道斯的善良、谦逊、对年轻人的关爱，以及他那坚定不移的信念。这篇后记由莱斯来写最恰当不过了。

查尔斯·纳普博士

美军退役上校

德斯蒙德·道斯协会主席

佐治亚州参议员马克斯·克莱兰和德斯蒙德·道斯相互钦慕，这是获得表彰的重伤退伍军人之间才有的。克莱兰是越战老兵，四肢截去三肢，他在退伍老兵管理局当主任。（加利福尼亚洛马林达大学德尔·韦布图书馆友情提示）

前言

德斯蒙德·道斯和我是佐治亚州老乡。我俩初次见面的时候，给我留下深刻印象的是他的谦逊、礼貌和朴实。乍一看，他一点也不像硬汉兰博，和想象中能够获得荣誉勋章的大英雄的形象也不吻合。当时我就想，“这么一个谦逊有礼甚至有点腼腆的人，当初怎么能救下那么多战友?”

但是，我俩目光相接的一刹那，我透过他那坚定的眼神，看得出眼前的这个人有着钢铁般的意志，够条汉子。

交谈中，得知他和我一样，是手榴弹爆炸负的伤，他是二战期间，我是越战期间。德斯蒙德·道斯是一位不愿扛枪的战地医护兵。他说：“别人夺取性命，我是拯救生命。”本书一个故事记录了德斯蒙德抢救

弗吉尼亚州，林奇堡，德斯蒙德故居。(加利福尼亚洛马林达大学德尔·韦布图书馆友情提供)

一个伤兵的过程，我感触很深。

那个士兵双腿被炸断了，前面一个医护兵认为他没救了，不予理会，德斯蒙德却说："只要一口气还在，就有希望。"他将伤口包扎一下，把人背到安全地点。这个士兵双腿没了，好歹命保住了，后来还得享高寿。

对美国来说，二战是个分水岭。没有那一代人的执着、忠诚和献身精神，我们现在的世界就是另一番模样，你、我就过不上如今的好日子。本书记录的就是那个伟大年代一个伟大人物的空前绝后的事迹。假如每位美国人都拥有这位民族英雄的勇气、忠诚和无私精神，我们的国家将会如建国之父们所描绘的那样美好。

德斯蒙德·道斯立场坚定、忠贞不二，恪守我们美国的立国之本的指导原则，不愧为美国人的杰出代表。他用极大的热诚保护我们所珍视的自由，为了他人不惜牺牲自己的生命。这位战地医护兵每次都冒着枪林弹雨冲上前线抢救伤员，他将生死置之度外，几乎每次都命悬一线，但每次都义无反顾。如书中所说，在钢锯岭战斗中，他只身抢救了75条人命！

那些负伤但获救的伤员得以回家，全是因为一个人的坚定决心和勇敢行动，这个人就是德斯蒙德·道斯。这些幸运的士兵后来成家立业，子孙兴旺。当年，在关岛、莱特岛和冲绳岛上，如果道斯认为那

到 77 师服役前的道斯。（加利福尼亚洛马林达大学德尔·韦布图书馆友情提供）

些横七竖八、血肉模糊的伤员不值得他冒险去救，这些后来的子子孙孙还会有吗？当然无从谈起了。假使当年道斯袖手旁观，那些伤兵就会葬身异国他乡。要不是这么一位不愿扛枪的医护兵的无畏奉献，他们的生命就永远得不到延续。

德斯蒙德·道斯不是个普通的英雄，而是英雄中的英雄。其他荣誉勋章获得者把他视为自己心目中的英雄，就是明证。国会荣誉勋章是1862年美国内战期间林肯总统设立的。1962年，在白宫搞了一个盛大的百年庆典，健在的国会荣誉勋章获得者一致推举德斯蒙德代表他们参加这个盛典。道斯代表他们和肯尼迪总统握了手。肯尼迪总统握着这位挂满勋章的老兵的手，看着他那坚毅的眼神，说道："眼前这个美国人一定不会问国家能为他做些什么，而是问他能为国家做些什么。"

除了当之无愧的国会荣誉勋章，道斯还获得过一个英勇铜星勋章（带一簇橡树叶，代表两颗铜星），一颗紫心勋章（带两簇橡树叶，代表三颗紫星），亚太作战奖章（三颗铜星），滩头箭头（代表他参加过四次战役，包括一次两栖登陆战），陆军品德优良奖章，本土防御服役奖章，以及一个不那么常见的奖项，即77步兵师307步兵团1营因攻占前田高地而获得的总统集体嘉奖。

我这一生的宝贵财富之一，是通过和道斯接触，我深受他的优秀品质的影响。我希望本书读者通过阅读本书，也能受到这位国会荣誉勋章得主的熏陶。让我们以德斯蒙德·道斯下士为榜样，珍视我们共同的理想与价值，不负众望，为捍卫自由贡献自己的力量。

马克斯·克莱兰
美国佐治亚州前参议员
美国退伍军人管理局前任主任
2016 年 7 月

序

提起战斗英雄，我们首先想到的往往是英勇无畏的战士冲锋陷阵，奋勇杀敌，斩获勋章，名满天下。

一等兵德斯蒙德·道斯这个二战医护兵不太符合这种典型。相反，这位来自弗吉尼亚州的羞涩小伙不能容忍枪炮，拒绝拿枪杀人。

他的故事，也是我们希望读者们切身体会的，是一个低调本分的农村小伙的惊心动魄的故事。他的坚定信念，对祖国的绝对忠诚，对战友的满腔热爱，使他敢于迎接任何严峻挑战。他经历了各种磨难，后来在冲绳战役中，在极端困难的条件下，经受住了对他的信念和生命的终极考验。

道斯面对困难仍然能够傲然挺立，先是赢得了身边战友们的尊敬

拍摄《良心拒服兵役者》期间的德斯蒙德·道斯

和爱戴，继而得到了全国人民的肯定和赞扬，并因此被授予最高荣誉——国会荣誉勋章。

读者在欣赏本书的过程中，一定能够认识到真理和信念的力量有多么强大。

《良心拒服兵役者》导演、制片人 特里·贝内迪克特

德斯蒙德·道斯

（1919年2月8日—2006年3月23日）

2006年3月23日，德斯蒙德·道斯在位于阿拉巴马州皮德蒙特的家中安详辞世。他的坚定信念是一笔丰厚的遗产，给我们这些认识、爱戴他的人以极大鼓舞。

葬礼在位于田纳西州科利奇代尔市的南方基督复临大学教堂举行，参加葬礼的多达几千人，当地新闻和美国有线电视新闻网都做了跟踪报道。除了国会要员和国防部代表，美国各军种也都派人参加了。最能显示人们对他的尊敬的，是他钟爱一生的探路者童子军合着《信徒如同精兵》的节拍，盛装列队走进教堂。德斯蒙德的下葬仪式在查塔努加国家公墓举行，遵循的是荣誉勋章获得者所能获得的最高规格。一辆四轮马车载着他的棺椁，鸣礼炮二十一响，三军仪仗队整齐肃穆，四架武装龙攻击直升机以“陨落队形”① 从人们头顶的低空飞过。

美丽的蓝天点缀着几朵雨云，在空地上为葬礼搭起来的拱形门的映衬下，整个场面蔚为壮观。对于这位性格温和的美国英雄，这个场面堪称完美。

德斯蒙德有个遗愿，希望能将他的一生拍成电影，以激励青年一

---

① 一种高规格的葬礼仪式，通常只有飞行员或军人逝世才能享受。最典型的陨落队形，是四架飞机组成一定的阵型，傍晚低空掠过，经过头顶时，其中一架拉升，脱队往西飞行，象征着逝者朝着夕阳的方向陨落。——译者注

载着德斯蒙德棺椁的老式灵车由柏雪马拉往查塔努加国家公墓。

代在任何情况下都坚定信念不动摇。纪录片《良心拒服兵役者》拍摄完成并获了奖，他的愿望实现了。我们能够成为这部励志片的一部分，深感荣幸。

《良心拒服兵役者》① 执行制片人 盖布·魏地拉

① 更多关于这部纪录片的信息，请访问 www.desmonddoss.org。

攻击直升机以“陨落队形”从低空飞过。

在南卡罗来纳州杰克逊要塞基础训练结束后，军方为德斯蒙德·道斯拍摄的标准照。(加利福尼亚洛马林达大学德尔·韦布图书馆友情提供)

第一章
最孤独的士兵

开心的洗漱时间就要到了，D 连士兵在准备睡觉。长长的木头营房里一阵杂乱，一天下来，人人又累又气。一战期间赫赫有名的 77 步兵师被重新启用，将再次参战，其训练刚刚开始。这个师的徽章是自由女神像，暗示了它的指挥部所在地，其所属人员正是纽约这个熔炉的典型代表。这支部队的很多士兵是日本偷袭珍珠港后的 1941 年冬天到 1942 年春天之间征召来的，比起平时招募来的各茬军人年龄要大点，更加坚韧，也更玩世不恭。此时，他们的着装五花八门——有的还身着绿色宽松训练服，有的脱得只剩下淡橄榄色内衣了。他们在简

易木制营房里四处晃悠，操着纽约方言，粗声粗气，遇着什么事，看见什么人，都骂骂咧咧的。

乱哄哄之中，有个小伙子安静地坐在整洁的铺着褐色被单的床上。他身材修长，一头褐色的卷发。如果说今天对于那些比他岁数大、更加皮实的人很难熬，对他则是一场噩梦。他参军是出于自愿，但他是以一个良心拒服兵役者①的身份加入的，而非战斗人员。他也迫切希望为国效力，但是，根据罗斯福总统下达的第 8606 号总统令，以及陆军参谋长出具的许可，他不必持枪。他自然认为上级一定会安排他参加医疗培训。眼下，他却待在一个步兵连里。他手脚有点笨，操南方山区口音，有点拉腔拉调。不管看外表还是听声音，他和军营里的其他人都迥然不同。

他在专心阅读《圣经》，不仅为了寻求心灵的慰藉，也是日常生活的一部分。他总能从上帝的教诲中寻得安慰和宁静，他合上书，按照多年的习惯，顺势跪在床边，默念祈祷文。

突然有人高声嚷嚷，“嘿，你们快看啊，他在祈祷!”

整个军营“轰”地响起一阵讥笑声、口哨声和尖叫声。那个年轻士兵跪在那里，一动不动。

这些城里人，来到一个全新的艰苦环境里，经过一天的紧张劳累

① 出于道德或宗教信仰等方面的原因而拒绝服兵役的人。——译者注

之后，暴躁不安，随时准备把气撒在哪个倒霉蛋身上，这不，他们找到了一个。一只笨重的军鞋从床铺上方飞了过来，“咚”地砸在虔诚祷告的新兵身旁。好悬！接着，又飞来一只鞋，又一只，同时还能听到亵渎神灵的脏话。跪在地上的新兵吓坏了，不理解他们为何如此，可他一动不动。他不想被鞋子砸到，也不希望中断祷告。

外面传来了一阵熄灯号的声音。值班中士把头探进营房门，吼道：“喂，都给我安静！”

灯灭了，军营安静下来。那个年轻士兵的祷告也结束了，他钻进被窝。熄灯号清晰、略带悲伤的音符在春夜中逐渐消失，他静静躺在狭窄、坚硬的军床上，因为孤独和痛苦，眼里噙着委屈的泪花。

77 步兵师的列兵德斯蒙德·道斯在军营的第一天就这么过去了。

随后几天也不好到哪儿去。晚上，在营房里，其他人照旧讥笑他。现在，他等到熄灯后才跪下来祷告，但偶尔还会从黑暗中飞来一只鞋。

最令他痛苦的是周围随处可见恣意违反《圣经》第三诫的现象。那些人发现叫他“圣耶稣”能让他极其痛苦，就经常称他为“圣耶稣”来讽刺他。有一个叫卡杰尔①的，三十来岁，粗嗓门，嗜酒如命，他什么人都看不惯，什么事都看不惯，包括宗教。他专门挑事，尖着

---

① 本书人名均为真名，但有三个例外：卡杰尔，斯坦曼和科斯纳。时隔多年，为避免尴尬，道斯先生请求隐去他们的真实姓名。——作者注

嗓门戏弄道斯。道斯一听见他讲话，就忍不住心头一紧。他长这么大，从来没听到谁如此胆大妄为，敢亵渎上帝之名。

显然，卡杰尔特别喜欢用这种污言秽语拿道斯寻开心。

他动不动就说，“告诉你，道斯，我们上前线打仗，你呢，就别指望活着回来了，我一定亲手毙了你。”说完哈哈大笑。

白天，这位非战斗人员还面临另外一个问题。他虽被分配在步兵连，但他不愿拿枪。从管装备的中士到排里的作训中士，直至中尉排长和上尉连长，都命令他拿起枪来，但是都没用。各级军官轮番上阵，软硬兼施，这个瘦巴巴的列兵总是礼貌而又坚决地拒绝。

他能理解上级军官的处境，也不想为难任何人，只是他之前得到过上级机关的批准，可以不拿枪。

德斯蒙德·道斯自小在信奉基督复临安息日会的家庭长大，在一所只有一间教室的复临会学校接受了教育，他一次不落、诚心诚意参与每次礼拜活动。

在弗吉尼亚州林奇堡老家的小木屋里，客厅的墙上挂着一幅装裱精美的画轴，上面描绘的就是十诫。画轴上，每一诫都配了一幅画。最吸引德斯蒙德的是第六诫：“不可杀人。”该画描述的是该隐、亚伯的故事。画中，亚伯躺在地上，血流不止，旁边站着杀人凶手该隐，手里握着匕首。德斯蒙德每次看到这个场景，就会瞪大眼睛，内心充满恐惧和不解。一个人竟能杀死自己的兄弟，那得恶到什么程度？因为，德斯蒙德自己的家庭甜蜜温馨，彼此相爱，全家幸福。他父亲威廉·托马斯·道斯是个木匠，孩子们小的时候，他父亲把这个家经营得温暖舒适。德斯蒙德生于 1919 年 2 月，一共姊妹三个，他排行第二。他姐姐奥德丽长他四岁，弟弟哈罗德·爱德华小他两岁。

德斯蒙德站在客厅的椅子上，久久凝视该隐杀死他弟弟亚伯的那个画面，暗下决心，只要有一口气在，他一定恪守第六条诫和其他所有诫。

德斯蒙德从不惹事，但也不喜欢被人骑在头上。读小学时，街坊邻里的孩子喜欢欺负他，专门找他的茬儿。一开始，他忍了，后来有一天，在放学回家的路上，他被一伙小痞子拦住了去路。

领头的上来推了他一把，恶狠狠地说："小子，这回你跑不掉了。"

德斯蒙德感到极大的恐惧，心想，今天这顿揍是挨定了。但是他打定主意，决定在倒地前要尽可能让对方也吃点苦头。他突然发难，双拳上下翻飞。流氓头子万没想到他敢主动出击，掉头就跑，其余几个一哄而散，从此，德斯蒙德的伙伴们都再不惹他。

德斯蒙德小的时候，林奇堡流行打棒球。春天一回暖，孩子们就把球抛来抛去，一直玩到夏末。德斯蒙德和其他孩子一样，玩得很开心。八岁那年，他摔了一跤，手被一个碎瓶子碴了个大口子。锯齿状

的玻璃碴儿割断了好几根肌腱，伤口横贯整个手掌。医生看了看，试了试那几根松垂的手指，摇头叹息道："德斯蒙德，你这只手算是废了。"

可德斯蒙德的妈妈不愿轻易放弃，伤口愈合以后，她坚持每天给他按摩，并运动那几根手指。在她的悉心照料和不断鼓舞下，他的手指功能渐渐恢复，不过那条横贯掌心的疤痕还是一碰就疼。从此，需要健全的双手完成的体育活动与他无缘了。

起初，德斯蒙德万念俱灰，不过随着时间推移，他发现，只要精力充沛，体育活动之外能做的事情还有很多。他没有在家干坐着，而是抢着干家务活。妈妈爱花，他就一连几个小时帮她侍弄那些花花草草。自己、妈妈和大自然一起创造着美。他家的花儿太多了，就分一些给别人。刚开始，送给街坊邻居，尤其是有人生病时，大家都很感谢他，后来，他送给医院的病人，甚至服刑的犯人。他发现，分享美比创造美更幸福。

并不是每次送花的经历都是令人愉悦的。有个病人年老体衰，穷困潦倒，举世无亲，身患不治之症，将不久于世。他请不起护工，德斯蒙德自愿陪他。这个病人疼起来，连德斯蒙德都感到浑身疼。最后，他忍无可忍，跑去找医生。

"大夫，求您了，给他点止疼药吧！"他央求道。

大夫拍了拍他的肩头，说：“给他的剂量已经很大了，不能再加了。”

当天夜里，死神慈悲，让那个病人终于脱离了苦海。德斯蒙德回到家，久久不能入睡，他的耳畔总是响起那个病人的哀嚎、呻吟。他不后悔陪在老人的床头送他最后一程，他尽了力，老人毕竟不是孤独离世的。

从这件事情，德斯蒙德悟出一个道理，即使在如此凄凉的情况下，尽心尽力帮一个人，也能获得向上的力量和满足，这本身就是奖赏。

有时候，还能收获更多的好处。有个安息日，教堂礼拜活动因为一个通知临时中断了，说有位女士急需输血，这位女士以前也是这个教堂的教友，德斯蒙德和其他几位教友立即赶往医院。

这位女士和丈夫也是安息日会的教徒，不久前搬来林奇堡后，闹了点误会，误以为他们在这里不受欢迎。碍于面子，他们坚决不到林奇堡教堂做礼拜。这段不愉快的经历，赶来献血的自始至终没人提起一个字。

最后，只有德斯蒙德一个人和这位生病的女士配型成功。他当时也只有十三四岁，还瘦得皮包骨头，但这个病人情况危急，德斯蒙德毫不犹豫地献了血。抽完血，他从台子上下来，要不是扶着衣帽架，差点就瘫倒了。

那位女士得救了，她和她丈夫邀请德斯蒙德到他们家做客。起初，他们提出要给德斯蒙德一点报酬，被德斯蒙德婉拒了，接着，他们问他想要个什么礼物。

德斯蒙德说："什么礼物都不要，就要你们今后来和我们一起做礼拜。"

他们答应了，从那以后，他们两口子在这个教区非常活跃，也非常虔诚。

带着这些丰富的经历，德斯蒙德被投进美国陆军模范战地医护兵这个模子里进行塑造。华盛顿的军队高层完全清楚，像德斯蒙德这样的人不在少数，为了发挥他们的作用，为他们制定了特殊政策。二十几年前的第一次世界大战期间，坚定不移的良心拒服兵役者受到虐待、囚禁，遭到拳打脚踢，有的甚至被头朝下戳进粪坑里。一战期间，仅复临会就有 162 个会员因为宗教信仰被推上军事法庭审判。战争结束时，有 35 人被判处五年至二十年不等的苦役。在不懈的努力下，1918 年 11 月 11 日停战日，他们获得特赦。

两次大战间隙，人们饶有兴致地看着年轻的复临会员如何既能严格按照《罗马书》第 13 章第 1 节的要求，服从政府的命令为国效力，同时还能遵守《圣经》第六诫。后来制定了一个详细方案，根据这个方案，复临会上层和军方合作，便于复临会的教徒能找到适合的岗位，那就是医疗队。1934年，复临会组建了军医团，训练接近服役年龄的青年人掌握战地医疗的基本技能。美国和其他一些国家的几所复临会大学和研究会建立了军医团单位，重点是在他们宗教信仰允许的框架内为国效力。

美国国会认识到这类既不愿杀人又迫切希望为国效力的年轻人能为国家提供宝贵的服务，特地在《征兵法》中加上一条，即良心拒服兵役者一律进入医疗队。

对此，德斯蒙德是清楚的。他和林奇堡来的几个人一起应征入伍，被归入I—A—O①一类人，其中的O就代表良心拒服兵役者，为此，德斯蒙德还向征兵委员会提出过抗议。

“我和他们不一样，”他解释道，“我是自愿服役的，只是不当战斗员。”

“你说的这个类别我们没有，反正你就算一个I—A—O吧。”

按照教会和军队部门联合制定的正式程序，复临会员不必主动报名服役，而是依次等候征召。期间，德斯蒙德在造船厂上班（造船是重要军事工业），也学了一些急救知识，为应召参军做准备。《征兵令》下来时，船厂一个领导给他出主意说，他不妨以自己是造船厂关键员

① 可以执行非战斗军事任务的良心拒服兵役者。——译者注

工为由，要求延迟入伍。德斯蒙德压根儿不愿考虑。

“我在这儿并非关键员工，这您也知道。”他说。

他的很多朋友都应征入伍了。有人被定为4—F类，即不宜服兵役。有人因为不能为国效力而极度失望、羞愧，竟然自杀！这对德斯蒙德震撼极大。尽管他母亲好言相劝，他父亲极力反对，德斯蒙德还是热切希望能够用实际行动爱国，遂于1942年4月1日到弗吉尼亚州的李堡训练营正式入伍。可是，并没有分配他去医疗队参加基础救护的训练，而是编入驻扎在南卡罗来纳州杰克逊堡军营，刚刚恢复编制的77步兵师。他将和他们一起参加训练。刚开始比较乱的那几天，属于I—A—O类人员的德斯蒙德和步兵连的人混在了一起。

在陆军部队，任何人有意见要提，别人会揶揄说：“你有意见？找牧师说去。”德斯蒙德真的就去了，军中牧师卡尔·斯坦利上尉热情接待了他，并耐心听完他的诉说。斯坦利上尉有个好友是复临会的一位牧师，他非常了解这个人数虽少但极其活跃的新教派别的信仰和规矩。他意识到眼前的这个年轻人是真心因为宗教信仰而不愿拿枪，而根据法律，他有权要求被分配到医疗队。斯坦利上尉向师部领导汇报了此事，马上，德斯蒙德被转入医疗队，开始医护兵的训练。

军事医学有点像针对战场环境的高级急救术。德斯蒙德掌握了那两个大帆布挎包里都有哪些物品，各有什么用途。有包扎开放伤口的大大小小的敷料，有包扎前撒在开放伤口上消炎的磺胺粉，还有止痛的吗啡针剂。德斯蒙德不仅学会如何注射，同样重要的，他还学会什么时候该用，什么时候不该用——有些伤情使用吗啡会死人的。

德斯蒙德和医疗队其他新兵一道，学会如何就地取材（比如小树枝、枪托等）来制作固定断骨的夹板。他还学会在战场上如何输血浆，休克如何处理，什么时候给水，什么时候禁水，他仿佛回到了学校课堂。德斯蒙德想起小时候在老家林奇堡教会开设的学校，规模不大，屋顶是褐色瓦片。全校只有一位老师，教八个年级，每个年级只有几个学生，不同年级轮着教。德斯蒙德还记得当时背书的情景，轮到哪个年级，哪个年级的学生就移到教室前排，离老师近了，更主要的，离前面那只大肚火炉也近了。寒冷的冬天里，每个孩子都眼巴巴地盼着轮到自己背书。

谁能忘记自己人生中的第一位老师呢？德斯蒙德永远忘不掉内尔·凯特曼老师。除了他的母亲，凯特曼老师给他人生启迪最大。起初，德斯蒙德太腼腆，不敢当着全班的面背书，是凯特曼老师给予他鼓励。他学写阿拉伯数字和字母的时候，写出来的东西像是蚯蚓在爬，根本无法辨认，就在他绝望之际，又是慈祥和蔼的凯特曼老师来帮助他。每天放学后，她不厌其烦地把着手一遍又一遍教他，直到他能把数字和字母写得清清楚楚、一个不错为止。

还有一天，轮到德斯蒙德擦洗黑板，擦完后还要把黑板擦上的粉笔灰磕掉。他随意将两个黑板擦互磕几下，就放下了。凯特曼老师很生气，教训德斯蒙德说：

“任何事情，既然做了，就要做到最好”。

这是他第一次听到如此简明扼要的人生哲理，这话老师之后又说过多次。这个观念深深扎根于他的脑海，他可以像留声机一样，在心里重复播放“任何事情，既然做了，就要做到最好”。

这句话伴随他终身。

八年级之后，德斯蒙德就无法继续上学了。20 世纪 30 年代，正是大萧条时期，他父亲找活很难，德斯蒙德只好拼尽全力干活，帮着养家。他在一家木材厂找了份力气活，一个小时 10 美分，一周 50 个小时，挣 5 美元。交给教会 50 美分作为什一税，给他母亲 3 美元，一周交通费 50 美分，还剩一美元买买衣服和其他必需品。

虽说常规教育结束了，他仍然坚持上复临会学校。学校的墙壁上挂着加利利海的大幅画片。按时到校、背得出课文段落的，都可以在画上粘上一个小船形状的贴纸。如果连续三个月背出段落的，还能得到奖励。每个季度一次不旷课的，奖品是一枚书签。他曾经缺过一次课，整个季度的全勤就完了。此后，他从不缺课，也没有不作准备去上课。

有一次，全家去外地走亲戚，回来时，夜已经深了。第二天是安息日，德斯蒙德还没有预习。他又累又困，眼皮老打架，他还是咬着牙坚持把布置的作业做好。次日早上，他拖着疲惫的身子去学校。这一年以来，他花了数不清的时间预习，那么多课，一次也没有缺过，他决不允许自己因为一次不到课而把完美的出勤记录给毁了，从而失去他投入的时间和努力应该享受的奖励。

就这样，对于德斯蒙德·道斯来说，尽忠尽职成为一种生活方式。在杰克逊堡训练营，有时候上午剧烈活动，中午吃得太饱，加上天热，等到下午教官在懒洋洋地讲解如何净化水、苍蝇如何传播疾病的时候，下面的人就开始打瞌睡了。德斯蒙德例外，他仍然精神抖擞——这是他的生活方式。

您一定在想，如此认真、专注的医护兵，即便得不到其他新兵的尊敬和喜爱，至少教官应该赏识吧？您想错了，各级军官，上至团级指挥官，都讨厌他，认为德斯蒙德是个怪物，专门来捣蛋的。

只要不是他的宗教信仰所禁止的事，他都努力去做个表率，做一个宗教信仰不同的“合作者”，而非“拒绝者”，可为何人人都冲着他来呢？

有几个因素于他不利。首先，他们普遍厌恶良心拒服兵役者。这一点德斯蒙德嘴上不说，但是心里明白为什么。师里有另外三个“拒

服鬼”，德斯蒙德和他们根本合不来。他盼望作为非战斗人员为国效力，而这三个家伙则根本不想参军，而且不容商量，他们一心想干的，是什么都不干。其中一个因为长期吸食鼻烟，牙齿乌黑，对于军旅生活极度反感。后来，他们几个都走了，人人都松了口气。然而，恨屋及乌吧，他们对德斯蒙德总是不冷不热的。

有个中士指责他说：“你们都是他妈的一路货色，整天大谈特谈宗教自由，等到国家号召你们挺身而出，捍卫宗教自由的时候，你们一个个装熊。”

德斯蒙德诚恳地解释道：“中士，您这么说就不对了。我们的教义是要求我们服从政府领导的。我见到国旗，从来都敬礼，执行任务也从不偷懒。我和您一样爱国。”

步兵连列队前往靶场射击时，德斯蒙德也去，当然了，他是不参与打靶的。满头是汗的步枪兵们趴成一排，一发又一发地射击，耳朵被震得嗡嗡响，肩头被震得生疼，而医护兵德斯蒙德空着两只手，这边转转那边看看，无所事事，他的战友自然恨得牙痒痒。

德斯蒙德不受欢迎的最主要的原因，是他口口声声要坚守《圣经》第四诫。

大约3500年前，摩西说："当纪念安息日，守为圣日。"①

德斯蒙德谨遵神的教诲。在他看来，那两句话是对所有人说的，更是对他德斯蒙德说的。不管什么人，小到营长、团长、师长，大到美国总统，都不能使德斯蒙德违背上帝为他定下的戒律。唯一的例外，是上帝之子耶稣所提出的。德斯蒙德的《圣经》说，耶稣曾经在安息日治病救人。德斯蒙德也完全愿意平时在安息日救治病人，战时救护伤员。

但是，在南卡罗来纳州，距离前线成千上万里，这里没有伤员，生病的送去医院，不需要他做什么，德斯蒙德看不出任何理由要他违背第四诫。

让德斯蒙德在77师的生活雪上加霜的是安息日的不同守法。作为复临会信徒，他不在每周第一天，即星期天，守安息日，而是在每周的第七天，即星期六。②

不用说，77师以及其他部队都守星期天为安息日、礼拜日。在杰克逊堡训练营，几乎所有活动从星期六傍晚开始就停了下来，一直到星期一早晨才恢复。他们这里有个小教堂，天主教徒和新教徒都可以

① 本书中《圣经》引文的译文均取自中国基督教协会1995年出版的新标点和合本《圣经》。——译者注。

② 自16—17世纪起，清教徒守星期天为安息日。从19世纪中期开始，美国复临会受浸礼派的影响，守星期六为安息日，视之为服权柄的记号。——译者注

在里面进行礼拜活动。每个大一点的单位都有自己的牧师，可以就地进行礼拜。所有演习也都安排在星期日之前停下来，如果演习跨周末，预先就要安排星期天在野外可以进行礼拜活动。

德斯蒙德坚持每周第七天休息、礼拜，而部队其他人坚持每周第一天休息、礼拜。这样，他就有两次和别人合不上拍。首先，他的复临会禁止他从周五日落到周六日落做任何工作，这就要求他每周这个时间段都必须得到批准不参加军训。第二，因为星期六那天军营小教堂是不举行任何宗教活动的，他就必须拿到准假条，进城参加那里的礼拜活动。城里的教堂宗教活动往往包括星期五晚上年轻人的聚会和星期六上午的例行礼拜。

很快，在到底守星期六还是守星期天为安息日这个问题上，美国陆军和列兵德斯蒙德杠上了。二者必须有一个让步，让步的当然不能是德斯蒙德了。

他入伍的第二天就遇到这个麻烦了。入伍那天恰逢星期五，第二天一早，中士命令所有人擦地板，准备迎接当天的例行检查，德斯蒙德拒绝参加。他既来当兵，就做好了思想准备，愿意像耶稣一样在安息日履行“必要的义务”。可是，在他看来，擦地板这种事情并非“必要的”义务，地板哪天不能擦？当然，第二天星期天肯定是不能擦的，因为对其他人而言是安息日。

中士叫来了中尉，中尉也说服不了这个固执地要出去做礼拜的新兵蛋子，于是恼火地让他滚出军营。道斯刚到门外，撞见一个少校，少校又命令他滚了回来。当兵的第一个安息日，他蜷缩在军营的角落里。其他人都在干活，他们说了很多难听的话，还故意让他听到。

他转入 77 步兵师后，同样的事情又发生了。第一个星期五，他去找军中牧师商量，想拿一张准假条，以便到哥伦比亚去做礼拜。牧师斯坦利上尉正告他，有严格规定，进入军营的前两周，任何人不得以任何理由外出。

列兵道斯对牧师说："我相信上帝一定有办法成全我去教堂做礼拜。"

斯坦利上尉叹了口气。他太了解这些复临会信徒了，他说："我问问师部再说吧。"当天下午，准假条就下来了。

第二周，他已从步兵连调到医护营，他向营长弗雷德·斯坦曼①少校报到，同时请求获准星期六去教堂做礼拜。少校关心的是营里的训练工作，就批准了。但是，德斯蒙德每周都来，没完没了，少校就火了。有个星期五，他警告道斯说："这是最后一张，以后别来了。"

道斯知道少校是来真的。第二天，他请其他复临会教友为他祈祷好运。在接下来的星期五，他又去请假。少校火冒三丈，让他滚了出

① 化名。——作者注

去。道斯再次去求斯坦利上尉帮忙。牧师把这个情况向师部做了反映，师部经研究决定，这名复临会教徒今后所有星期六都可以请假休息，和别人星期天休息一样。德斯蒙德赢了，只是在部队上，列兵压倒少校是不明智的。

其实，德斯蒙德并不比别人多讨什么便宜。星期六他可以休息，但星期天他要全天执勤。问题是，他当值时，谁看见了？他们看到的是每到星期六他就没影了，所以都恨他。他们挖苦他说：“你小子请到的假比上将都多！”

步兵们尤其讨厌他。德斯蒙德的说话和其他习惯本也与众不同，在射击场上还优哉游哉，现在他竟然可以获得特批假条！全团都在谈论这个奇怪的士兵。有一天，道斯又撞见了卡杰尔，就是以前在D连时喜欢奚落他的那个人。

卡杰尔嘴里不干不净地说：“道斯，你他妈以为你是圣人？到了战场上，我要像杀狗一样，一枪崩了你！”

天天和恨你的人相处着实不易，尤其是你将来要护理的恰恰就是他们。对于道斯来说，这段时间是孤独的、令人沮丧的。

一个男人遇到这种处境，不是向他妈妈倾诉，也不是向教堂牧师或军中牧师倾诉，道斯把自己的苦恼告诉了自己的心上人。

德斯蒙德的女朋友很漂亮，满头金发，不苟言笑，和他一样是个虔诚的复临会信徒。她叫多萝西·舒特，家住弗吉尼亚州里士满市。她姊妹七个，父亲是一战伤残军人，全家靠他的抚恤金艰难度日。

多萝西决心活出个样儿来，她知道首先必须接受教育，那就意味着要有学费。还在上中学时，她就找到一份工作，卖复临会的书。她路过林奇堡的时候，德斯蒙德认识了她。德斯蒙德一家是典型的南方人，加上同是复临会教徒，所以对她特别客气。有个安息日下午，他们一家还带她出去兜风。

当年秋天，多萝西上了首都华盛顿的华盛顿教会学院，她在当地一户人家做家政来养活自己，由于这份工作的约束，她不能像其他人一样全日制上课，可她从不抱怨，至少，她在朝着自己的目标迈进。

复临会的教友们相处得亲密无间，所以，德斯蒙德经常听到关于这位立志求学的姑娘的消息，她是那种他愿意深入了解的人。

德斯蒙德之前没有谈过女朋友。他和一些年轻的复临会教友们频繁接触，不过还没有对哪位姑娘动过心。他决心把自己全部的爱留给自己将要迎娶的那位姑娘。他都二十二岁了，才鼓足勇气去追女友。入伍前，他在弗吉尼亚州纽波特纽斯一家造船厂上班，工资一小时一美元，他有一辆二手车，算得上是个有钱人。一个星期六早上，他驱车两百多英里去首都华盛顿，希望能够看到多萝西·舒特。

到学校的时候，人们陆陆续续走进学校教堂哥伦比亚厅去做安息

日礼拜。他四处寻找，没找着她。终于，礼拜活动开始了，他走进礼拜堂，找了个空位坐下。嘿！多萝西就坐在他面前那排，他凑过去轻声说："你好!"

"嘘!"她头也没回，示意他别出声。

他大老远跑来，听到的就是一声"嘘!"

礼拜结束，教友们三五成群地交谈。多萝西和她熟悉的一对夫妇说着话，他们刚要邀她一起吃午饭，德斯蒙德到了。

"哦，不，她和我一起吃。"他赶紧说。

多萝西瞪了他一眼，不过并没有纠正他。他们确实一起吃了午饭，玩了整个下午，还一起吃了晚饭。

作为教会非正式领导人之一，德斯蒙德颇有名气。他和多萝西志趣相投，还有很多共同的朋友，两人的话说起来没完。他本来打算当天赶回纽波特纽斯的，但是打消了那个念头。他找到自己的心上人了！他当晚留了下来，跟她一起度过了随后的星期天，一直到多萝西必须预习功课了，他才依依不舍地离去。德斯蒙德是个事事认真的人，唯独这次例外，不情愿多萝西太认真。不过，多萝西告诉他，她很愿意再次见到他，有了这句话，德斯蒙德一路哼着小曲，回纽波特纽斯去了。

从此以后，德斯蒙德隔周就去一趟华盛顿，几次之后，他和多萝西约了一对同属复临会的朋友一起出去玩。德斯蒙德和多萝西坐在后排，车子穿过罗克溪公园时，他偷吻了多萝西一下。她十分生气，不过还好，没有一巴掌把他的嘴打歪。她的脸一阵绯红，因为她从未被谁吻过。和德斯蒙德一样，她要把自己的真爱留给自己将来要嫁的人。

德斯蒙德看出她粉面含羞、满脸怒气，赶紧轻声解释说："我爱你。"这是他这辈子第一次说这三个字。多萝西承认，她也爱他，那么，偷吻的那一下就没事了。

但德斯蒙德还不具备求婚的条件。他们曾经讨论过战时结婚的话题，两人一致反对。德斯蒙德知道他随时可能应征入伍。征兵委员会的命令下达以后，他最后一次前去华盛顿见多萝西。

"你愿不愿意等着我？"他问。

"愿意。"她答。

这是他这辈子听到的最美妙的一句话。

这是德斯蒙德入伍前的最后一次约会，他们讨论战后的生活规划。没想到，他们俩的梦想竟然如此吻合！两人都不求豪宅大院，也不求家财万贯，只要一家人都信奉耶稣基督，再简朴也没关系。他们都希望生很多孩子，并按基督的教导把他们培养成人。

他们洒泪而别，两人都坚信自己做出了正确的决定。

在杰克逊军营，德斯蒙德感到很孤独，一周又一周过去了，他越

来越痛苦，多萝西寄来的信显得越来越重要，因为它们给了他鼓励。在这个满世界没有一个朋友的军营里，她的爱是他唯一的安慰。

7 月 4 日国庆放假期间，德斯蒙德乘坐长途汽车去里士满，想给她个惊喜。他赶到里士满后，才听说多萝西去哥伦比亚了，是要给他一个惊喜。如果他立即往回赶，可能会再次擦肩而过，所以他干脆不走了，在原地等着她。与此同时，多萝西到了哥伦比亚得知他去了里士满，她立即搭上下一班火车往回赶。还好，还剩两天可以共度。

渐渐地，这对恋人感到他们不想等到战后再结婚了。他们请教了各自的牧师，得到的建议相同：自己最希望怎么办就怎么办。这正是他们想要的答案，因为他们最希望以夫妻的身份相守，片刻不离。多萝西和她的母亲着手在当地教堂张罗婚礼事宜。

德斯蒙德的长官们不愿批准他这个信奉复临论的捣蛋鬼请假去结婚。他提出休假申请，可谁也不给个准信儿。绝望中，德斯蒙德越过营长，直接去找副团长。他正等着，团长威廉·克雷格上校来了，他的银鹰徽章闪闪发光。他可是德斯蒙德见过的最大的官了，也是最威严的一个。

“小战士，要我帮忙吗?”上尉问。

“如果有人能够帮得上我这个忙，一定就是您了，”德斯蒙德说，然后赶紧补充道，“长官，我想结婚!”

上尉听完德斯蒙德的解释，感觉面前这个年轻人是真诚的。他拿起电话，接通了医务营。

“这个人为什么不能结婚？”上校质问道，“一个男人下定决心要结婚，让他去结好了。”

就这样，德斯蒙德请到了婚假。他和多萝西在她的教堂里举行了简单的婚礼。婚后，她随新郎回到了杰克逊军营。一想到爱妻就在附近，德斯蒙德的军旅生活就不那么难熬了。

第二章

严酷的考验

夏末，一个周二的早晨。尖锐的起床号急促地响了起来。“赶紧的，起床了！”中士咆哮道，“今天要来真的了！”

“用不着你提醒，长官。”B 连一个战士嘟哝道。

他们几天前就知道这一天会到来。现在终于来了。吃过早餐，全连就要拉出去进行第一次长途行军。25 英里满负荷的携枪行军。整个行军要在 8 小时内完成，也就意味着平均每小时起码 3 英里。今天之后，谁是英雄，谁是狗熊，便见分晓了。

“哟，传道士也来了嘛，”道斯随着 2 排列队的时候，一个步兵喊了起来，“你今天怎么没请假去教堂啊？”

“嗐，他还用得着担心吗？”另一个士兵气呼呼地说道，“不用拿枪，不用携带弹药，他只要待在阴凉的地方就能完成任务了。”

这个医护兵没说话，只是笑了笑，却不屑去回应。他携带的两个帆布急救包几乎跟步枪一样重，而且比步枪可难拿多了。他有一种预感，这些急救包今天会派上用场。

对于德斯蒙德来说，今天不仅仅是一次体能上的考验，这是他第一次真正和即将一道参加战斗的这群人共同行动。现在，他作为医护兵被正式分派到连队，和其他两个医护兵一起下到步兵连里。

从人事管理的角度看，他隶属于307团的医务营，但是战斗打响时，和他在一起的将是那些步枪手、傻大兵，是307步兵团1营B连2排的38名战士和一名军官。他们将是他的医护对象，只要他们有需要，他将冒着生命危险来到他们身边。他们——他和2连的将士——本该休戚相关、生死与共的，但是在最初的日子里，事情的发展却是另外一种样子。

和他当初加入的第一个连队一样，B连的成员大部分也都是来自纽约，几乎全部出生于北方。他们年纪更大，也更粗鲁，随时都会喷出脏话来。他们从来都没见过这样一位说话细声软语，随身带着《圣经》的南方人。他们叫他“传道士”，拿他已经结婚这事讥笑他，还一

再把多萝西的名字扯到他们淫秽的话题中。这让他倍感屈辱。他深爱着多萝西，知道她是一个虔诚的基督徒，一个思想高洁的女子。他们的婚姻是受到上帝祝福的。

道斯在B连打过交道的军官有两位，一位是连长弗兰克·弗农上尉，另一位是2排排长塞西尔·根托中尉。弗农上尉来自南卡罗来纳，为人正派直爽，一门心思扑在手头的工作上，并且希望手下也能全身心投入，因此无暇顾及连队医护兵这样可有可无的人。口齿伶俐的根托中尉是佛罗里达人，时刻都在想着如何提高队伍水平，使之达到连长弗农上尉的标准，所以也顾不上他这个医护兵。

一个上士将全连整好队，向弗农上尉做了汇报。“弟兄们，”上尉用积极坚定的语气说道，“我们已经为此训练了几个星期了，我希望每个人都拿出真本事，站着完成这次行军！各排长就位！”

根托中尉站在自己排的排头，迅捷地抬手举向头盔，行了一个军礼。弗农上尉发出了命令，排长们则呼应着，B连就这样浩浩荡荡地开出了营区，嘴里异口同声地高喊着口号。

虽然是清晨，南卡罗来纳的天空已是夏日高照，空气湿漉漉的。连队越过第一道崎岖的沙丘的时候，他们身上的绿色棉制作训服已经汗迹斑斑了。真正的暑气还没有到来，而前面还有24英里在等着他们。

时至中午，天上的太阳就像一个烤炉炙烤着大地。有些士兵已经喝完了整壶的水，现在什么都没剩下了。他们像僵尸一般地蹒跚前行，汗涔涔的脸上一片潮红，眼睛也耷拉下来。突然，其中一个士兵膝盖一软，瘫倒在地上。道斯急忙奔了过去。这是那些老兵中的一个，三十七八岁的年纪。他的皮肤黏糊糊的，脉搏非常微弱。显然，这是中暑衰竭的症状。德斯蒙德尽可能让他舒服些，并把他转移到跟在队伍后面的救护车上，然后又跑步前进去追赶大部队。

弗农上尉一如出发时那样精神抖擞、满身活力。对于这个士兵的掉队，对于道斯没能想办法让这个士兵继续前进，他感到非常恼火。

正午的时候，他们歇了下来吃应急口粮。德斯蒙德还没来得及吞下一口食物，这时一个瘫倒在小树下的士兵就把他叫了过去。此人把鞋脱了，正在检查脚跟上的一个大水泡。

“这个你能处理一下吗？”他问道。

“我来试一下吧。”德斯蒙德说道。他用一根消过毒的针把水泡挑破，在上面涂了点硫柳汞抗菌剂，然后用一块纱布将它紧紧地包扎了起来。这边还没收拾利索，那边又有一个人在招呼他。接下来，一个，又一个。所有人都是同样的伤情。B 连战士们就这样仰面躺在地上，而道斯则左奔右跑地处理他们脚部的问题。针对几个比较严重的伤情，他临时做了一个甜圈形状的垫板，用来减轻压力。

他们感觉似乎才休息了一分钟，这时上士的哨子就吹响了。“整队出发，”他喊道，“回去的路还长着呢。”

水泡和脚疼问题使得道斯在归程中一刻不得清闲。他往往要尽可能妥善处理好一个士兵的伤情，再跑步去追赶自己的队伍。他治疗过的人员中，有些甚至根本就不属于他所在的连队，更不要说属于他所在的排了，但是他们显然是需要帮助的。尽管要来来回回奔忙，身上还有帆布背包撞来撞去，德斯蒙德最终还是随着队伍完成了行军。列队等待解散的时候，有三个士兵跌倒在地上，昏迷不醒。德斯蒙德赶紧过去施救。等他处理完毕，排里所有其他人都已经脱了鞋子躺到床铺上了。德斯蒙德连坐下的机会都没有，就过去给每个人检查一番，看看有什么可以帮忙的。那天早上，有些人还在讥笑他，叫他“传道士”，说些难听的话。现在，等他们精疲力竭地躺下的时候，这个纤弱的医护兵却在他们的床铺前蹲下来，给他们处理脚伤。

那天晚上，营房里不再有人讥笑德斯蒙德·道斯。他证明了自己的价值。他现在成了他们中的一员，完完全全被B连所接纳了。

随着训练的继续，连队里三个医护兵之间的关系也越来越融洽了。其中一个叫小克拉伦斯·格伦，这个年轻人长着一张圆圆的脸，总是满面笑容，露出一颗金牙。另一个医护兵叫詹姆斯·多里斯，也是一个讨喜的小伙子，不过平时更严肃点儿。格伦和多里斯都已经成家，每次多萝西来到哥伦比亚与德斯蒙德相聚，三家人都经常串门。

克拉伦斯·格伦是德斯蒙德结识的第一个活生生的天主教徒，而德斯蒙德是格伦近距离接触过的第一个基督复临安息日信徒。或许他们的看法会让神学家吓一跳，但他们还是一起度过了很多时光，愉快地谈论彼此的信仰。

“不过，你现在所做的很多事我还是不会去做。”格伦说道，“你对自己太严苛了。你把百分之十的收入捐给教会，既不抽烟也不喝酒，甚至连猪排都不吃！”

“不管是你的《圣经》还是我的《圣经》，里面就是这样写的啊。”德斯蒙德说道，“猪肉不洁，贝类也一样。两者我都没尝过味道，所以不吃它们也不是什么难事。”

“是啊，但是《圣经》上面一个字都没提到香烟或波旁威士忌啊。”

“或许是没提到，但我们的使命所在：我们不应该沾染尼古丁或者酒精、甚至咖啡或茶。我也没觉得自己错过了多少东西。我小时候曾经吸过玉米穗丝做的烟卷，有时还吸烟屁股，这些只会让我咳嗽。有一次，我服用了一点止咳糖浆来治疗感冒，里面含有的酒精成分让我头晕目眩，几乎无法站立。这样的经历一次就够了。”

德斯蒙德再次顿了一下。即便基督复临安息日会这种禁欲式的做

法显得有点严苛，其教义中的积极因素还是能让这些微小的牺牲物有所值的。他怎么才能向这个无忧无虑的朋友解释清楚这个道理呢？他不是一个多愁善感的人，复临会众是一个快乐的群体。他们为实现一个积极向上、实在可行的目标而努力，也得到了无法想象的巨大回报。复临信徒怀有一个至高无上的目标，要让世界处在永恒的安全之中。

“这难道比不上一支烟、一杯酒或一顿开胃虾吗？”德斯蒙德问道。格伦露出金灿灿的微笑，轻轻地在他这个好友的胳膊上捶了一下，示意该去餐厅吃饭了。

这样的讨论让他们对彼此的理解越来越深，同时给B连成员也带来极大的好处，因为他们可以安排格伦星期六帮道斯干活，好让他能够去教堂做礼拜，然后安排道斯在星期天顶替格伦干活，这样格伦就可以去做弥撒了。大家发现，那个违背自己意愿干活的医护兵不见了，现在每天能看到的是一个积极主动、随叫随到的年轻人。这也成了全连团队精神的一部分。有了小毛小病，士兵们不再去营部医务室，而是选择跟战友们待在一起，因为他们相信，他们的三个医护兵在连队里就可以把他们照顾得很好。

现在，全师准备整合起来，打造成一支士气高昂的精锐作战部队。全师成员将被派往各地继续接受训练——在路易斯安那接受模拟机动作战训练，在亚利桑那接受沙漠作战训练，在宾夕法尼亚和西弗吉尼亚接受山地作战训练。

有一次安息日的时候，这个师离最近的城镇什里夫波特 25 英里。德斯蒙德搭上一个农民的旧福特车进了城，但是做完礼拜却发现没法回去了。宪兵把他拘了起来，跟一帮醉鬼流氓一道关了一夜。第二天，团部来的一辆卡车把他从监狱里接了回去，而他必须得向他的指挥官解释，他唯一的错误就是去做了礼拜。

到了此刻，医务营营长斯坦曼少校对安息日事件已经怒不可遏了，他拒绝再批准德斯蒙德去做礼拜，不允许他再请假，也不允许他就此向上级申诉。

“如果你再给我惹一点儿事，道斯，”少校说道，“我就把你送上军事法庭。”

德斯蒙德知道他是来真的了。稍有差错，他就会摊上麻烦。那一周他没有进城做礼拜。

尽管德斯蒙德已经赢得了 B 连战友的尊敬，医务营的领导还是让他的日子不好过，甚至连团部和师部的军官们都卷入了这场纷争。在一次由几个师参与的重要演习中，德斯蒙德跟往常一样，请求在安息日离岗进城做礼拜。他知道，接下来他要去演习区域一个尘土飞扬的交叉路口向上汇报。在那儿的一辆指挥车里，坐着两个上校、一个中校和一个少校。他们都在等这个想要去做礼拜的士兵。

接下来主要是团参谋长托马斯·曼纽尔中校在说话。德斯蒙德对这些人毕恭毕敬，对于他们这些高级军官必须从重要的工作之中抽出时间来与一个列兵讨论宗教问题感到非常抱歉。但是他仍然固守自己的看法，不愿意在安息日进行战争演习。

“但是我认为你在安息日的时候可以照顾伤病员。”上校说道。

“是的，长官。我相信在安息日的时候是可以做一些好事的，可以给需要的人提供医疗救护。”德斯蒙德说道，“但是上校，这样的演习我们已经进行了四次了，从来没有人受过伤。”

最终，这些高级军官让了步，批准他进城，带着多萝西去教堂。

他搭上一辆救护车，先赶回了营地。除了卫兵之外，营区一个人都没有。德斯蒙德的营房大门紧锁，但是他的床铺上方的窗户却没锁。德斯蒙德找来了一架消防梯，从那个没锁的窗户爬了进去。

就在那时，卫兵走了过来。德斯蒙德从窗户里向他解释了事情的原委。

“你还需要用那个梯子出来吗？”卫兵问道。

“不用了。”德斯蒙德说道。

“那我把它拿走了，免得被人看见，那样的话我们都会惹麻烦。”卫兵说道，“你抓紧点吧，洗洗干净，穿好衣服，然后离开这儿。”

那天晚上，德斯蒙德出现在聚会上的时候已经洗得干干净净，刮了胡须，穿上了崭新的军装。多萝西已经在那儿等着他。

第 77 师接着又转移到亚利桑那的沙漠地带，经过几周的机动训练之后，在沙漠腹地驻扎了下来。

沙漠集训让上上下下每个人都脾气火爆。残酷的体验给全师带来了负面影响。在那时，受北非沙漠作战的影响，美军特别重视减少部队的用水量。供给缺乏的时候，水这种最寻常的液体就成了稀罕物。每个单位每天的用水量都有严格限制。供水装在 50 加仑的大圆桶里，由敞篷卡车运到营区。这宝贵的东西有时会溅到满是沙子的车厢底板上，顺着后车厢门流出来。士兵们就追着卡车跑，用他们的头盔接那些水，混合着泥土和沙子一股脑儿喝下去。

在穿越险恶沙漠的长途行军中，士兵们会因为脱水而晕倒。医护兵并没有额外的供水，有时候德斯蒙德和另外几个人不得不分享他们自己的配给。德斯蒙德已经吃足了苦头，因为尽管在他的餐食中已经以咖啡和茶的形式提供了他的个人耗水量，他却一样都没喝。

在这样的条件下，一提到水大家就会兴奋起来。一天，连里的士兵跑过来告诉德斯蒙德，暂时代理连长的根托中尉没准备把排里现有的供水分配下去。这是至关重要的一道程序。每天早晨，供水卡车会定时过来补水。应该先用连队水箱里的水把伙房里的水桶和各人的水壶装满，空出来之后就可以接受补水，否则那些配额就浪费了。

“但是中尉只是坐那儿什么都不干！”士兵们激动地告诉道斯，“我们要弄到那些水啊！”

虽然道斯只是一个列兵，可是作为医护兵，在卫生健康方面他有着明确的责任。他四处查看了一下，发现士兵们说的没错。他觉得自己有义务鼓起勇气去找中尉，告诉他该做什么。

根托看上去有点疲惫，对他爱理不理的。“这事儿不用担心，道斯。”他说道，“我会处理的。”

道斯敬了个礼就离开了，但是还是没有一点动静。运水卡车就要到了。道斯跑步来到医务营营部，向一个军医报告了这件事。那名值班军医碰巧是根托中尉非常要好的朋友。道斯知道整件事可能就是白忙活，但是他仍然觉得有责任尽可能把它往前推进一步。

那名军医听取了道斯的报告。他在这件事情上是应该采取一些措施的，于是不太情愿地告诉道斯说，他会处理。等道斯回到连里的时候，根托已经把水分配下去了。对于道斯来说，这是一次道义上的胜利，士兵们也由此对他心生敬意。根托再也没有提起过这件事，但是道斯从那时起自然就跟他有了点尴尬。打排长的小报告自然不是与之融洽相处的好做法。

雪上加霜的是，道斯并不了解，为了找运水车，根托和他的司机爱德华·帕内克前一天其实已经开着吉普车转了几乎一晚上，他早就知道运水车会比平常晚点到达。

第 77 师的官兵就这样生活在酷暑、躁动、误解和不信任的氛围中。条件太恶劣了，离队的事时有发生。有些士兵逃进了沙漠，就再也没露面。甚至有个随军牧师也不告而别了！正是在这样的环境下，列兵道斯与部队之间的战事才有了新的发展。某个星期五，道斯走进医务营营部所在的闷热帐篷里去拿他的批假条，他注意到几个坐办公室的家伙在相互交换着心照不宣的眼神。那个比营长更讨厌道斯的军士长把批假条递给他，脸上露出令人不快的笑容。

"这种事我不用再干多久了，道斯。"他说道，"正在安排让你从现在起所有的星期六都可以休假了。"

德斯蒙德知道，有什么事情即将发生。他去找营里一个军官了解情况。

"我有个好消息要告诉你，列兵道斯。"他说道，"你要退出部队了。我们深入讨论了你的情况，一致认为你符合《陆军条例》第 8 款规定的退伍条件。今天上午你要接受退伍事务委员会的问讯。回你的帐篷去吧，他们准备好了会传唤你的。"

德斯蒙德的情绪一下子高涨起来——随即又低落下去。他是个普通人，已经受够了这片沙漠。他的鼻子胀痛不已，因不断的风沙吹打而发了炎，他的眼睛也流泪不止。军官们不待见他，他永远都无法休

息。他受够了。他随时都准备回家。

但是他知道，“第 8 款”里提到的是精神异常。德斯蒙德·道斯不相信自己仅仅因为在星期六去做礼拜就成了一个精神不正常的人。

由 5 名军医组成的退伍事务委员会围坐在帐篷外面的一张折叠桌旁。相关文件已经起草好了。委员会主席跟德斯蒙德重复了一下他早已知晓的内容，也就是他要离开部队之类的话。

“为什么是第 8 款？”他结结巴巴地问道，“我的工作难道不能让人满意吗？”他一个列兵，孤身一人面对 5 个认为他精神失常的军医，还能说什么呢？

“这个吗，你的工作还是不错的。”主席坦承道，“但是这个单位里的其他所有人每周都是训练 7 天，而你拒绝在星期六和其他人一道训练，就意味着你错过了有价值的训练。重要的东西你没学到，就可能无法圆满完成任务，战士的生命就有了风险，甚至连你自己都会有生命危险。”

德斯蒙德指出，他和克拉伦斯·格伦建立了一种有效的机制，保证了两人中有一人可以在周末值班，而 B 连在全团的病假率也是最低的。委员会的成员们并不想听他说这些。显然，他们希望他乖乖地接受退伍的决定。但是这一点是他做不到的。

“你们说我的工作是令人满意的，”他说道，“所以你们让我退伍的唯一理由就是我信守了安息日。如果我仅仅因为宗教原因就接受暗示我精神有问题的退伍决定，那我这个基督徒也太糟糕了。如果要我在安息日去救护我的战友，我会去的，而且心甘情愿。我认为星期六不在这儿并没有让我错过什么，即便我错过了什么，即便因此危及生命，那我也愿意一试。”

德斯蒙德喘了口气，轻声说道：“长官，请相信我。我知道，如果我遵守上帝的诫训，他会赐予我智慧和理解，就和那些在他的圣日接受训练的人一样。”

这样的回答立刻终止了基于第 8 款的退伍决定。显然，华盛顿绝不会批准纯粹出于宗教立场的退伍决定。德斯蒙德留在了部队，继续待在沙漠里——这是一场奇怪的胜利。他的处境比以前更加艰难，因为全师都知道了，医务营的军官们曾经非常草率地要把一个优秀士兵赶出部队，而最终却弄得自己灰头土脸的。这并没有让德斯蒙德得到高级军官们的赏识。

终于，痛苦的沙漠集训就要结束了。有消息传来，77 师的下一站将是宾夕法尼亚的印第安敦盖普军训基地。树木、青草、充足的水源，再也看不见沙子了。全师上下一片欢腾。

中午的时候，德斯蒙德从野外回来，听到这一切就要结束的消息，虽然又热又渴，但是他依然很开心。等着他的，是去团部报到的命令。

去了之后，有人告诉他，他被正式调出医护兵的行列，进入团部直属连。他又成了一名步兵。他在医务营的对头用另一种方式赶走了他。

恍恍惚惚中，德斯蒙德去自己所在的帐篷取医疗装备，准备把它交上去，然后再去新连队报到。但是有根带子他找不到了。他突然意识到，那根帆布带子就是横亘在他和步兵营之间的全部，他的麻烦现在真正开始了。他跪倒在地。

“哦，上帝啊，帮帮我吧！”他乞求道，“请赐予我智慧，让我知道该怎么做。”

他想起了之前曾经帮助过他的牧师斯坦利上尉。丢了带子让他有时间去造访这位牧师，但是斯坦利上尉也只能给予他同情和祝福。后来，德斯蒙德总算找到了那根带子，把装备交了上去，同时知道麻烦就要来了。

他的一个名叫马奇·豪厄尔的朋友是个四级技术员，过来跟他道别。“我说道斯，”豪厄尔说道，“我刚刚跟你的新连长打了 10 块钱的赌。他说他会让你在 30 天内拿起枪，我赌你不会。”

“你知道的，中士，我不赞成赌博。”德斯蒙德说道，“我不希望你们任何一方输。不过我是不会拿枪的。”

德斯蒙德向他的新连长沃尔特·科斯纳①报到。这个中尉事先得到

① 化名。——作者注

消息，说有个刺头要调到他的队伍来，早想好了应对之策。道斯被分配到了工兵军械班，卡宾枪在等着他去拿呢。

“列兵道斯，”中尉命令道，“拿起这支卡宾枪。”

德斯蒙德立刻意识到，中尉在和他玩猫捉老鼠的把戏。作为一个良心拒服兵役者，他是可以名正言顺地不用持枪的，但是没有哪个士兵可以违背顶头上司的命令。中尉铁了心要让他拿起武器，要么就送他上军事法庭。

“对不起，长官。”道斯说道，“根据我的宗教信仰，我是不能持枪的。”

中尉再次命令道斯拿起步枪，而道斯再次婉拒了，不过他的措辞比较委婉，不是直截了当的拒绝。

中尉厌烦了步枪的把戏，拿起了一支点四五口径的自动手枪。“道斯，这个你可以拿的。”他说道，“这个算不上真正的武器。”

“那它算什么，长官？”道斯问道。

中尉又用一把肉搏匕首玩同样的把戏，随后又用了弹药包。道斯还是婉转地拒绝了。

“听着，道斯。”中尉说道，“我不是要你去杀人，只是让你用这些武器进行训练，跟其他人一样。”

“我不会指望一支卡宾枪。”德斯蒙德说道。

中尉往前靠了靠。“你已经结婚了。现在假设有人在强奸你老婆，你还是不用武器吗？”

“我就不会有武器。”

“那你会怎么做呢？”

“我不会袖手旁观。”道斯狠狠地说道，“我不会使用武器，也不会杀人，但是我会狠狠教训那家伙，让他痛不欲生。”

他们之间的冲突因为移师印第安敦盖普的行动而暂告一段落。到了那儿，一切都由中尉说了算。道斯被安排了长期帮厨，负责洗刷炊事用具。由于长期无休止地接触皂液中的碱性物质，他的手变得非常粗糙，还不停地渗血。

这时家里来了一封电报。他弟弟哈罗德最后一次回家休假，之后就要随海军去往海外了。这会是全家最后一次团聚的机会。当时，排里包括道斯在内有几个人具备休假条件，于是他们都提出了申请。中尉准备好假条，让这几个人列队站好，然后挨个儿发给他们假条。来到道斯面前的时候，他把假条放到道斯伸出的双手上。

“枪械训练你还没过关是不是，道斯？”他问道，“有个规定哦，这个训练过关之前是不准休假的。”

中尉把文件夺了回来，撕了个粉碎。

德斯蒙德去找了随军牧师，然后又一路找到团里的上校那儿，但是他们都说无能为力。他伤心地来到邮局里面的电话机旁，给家里打了个长途电话。

“我回不了家了。”他说道。随后他就哽咽了起来。他深陷困局。他可能再也见不到自己的弟弟了。他可能再也见不到深爱的亲人了。照目前形势发展下去，他有可能被送进监狱。他站在那儿，抓着话筒却说不出话来，而他为之付费的时间则滴答滴答地流逝了。

“德斯蒙德，”他母亲在哭喊，“德斯蒙德！怎么了？你在哪儿啊？德斯蒙德！”

他总算控制住自己的情绪，把整个事情倾诉了出来。

第二天早上，德斯蒙德两只胳膊还泡在碱液里的时候，他接到了去医务营报到的消息。斯坦曼少校已经在等着他了。“欢迎回来。”他说道。

军士长说道：“去以前的连部报到吧，你又成了医护兵的一员了。”

“我能休假吗？”德斯蒙德询问道，并说明了家里的情况。不管怎么说，他都该有一次休假了。

但是情况并没有改变。德斯蒙德必须等待休假的机会。他也可以休个三天的短假——那样就不能再休长假了。

“我就休个短假吧。”德斯蒙德叹了口气说道。

他立刻启程回家。到家之后他才获悉，原来他父亲联系上了位于

华盛顿的教会战争服务委员会主席卡莱尔·海恩斯，海恩斯又给团长史蒂芬·汉密尔顿上校打了个电话。“上校，我理解你们那儿有点难处。”他和颜悦色地说道，“要不要我去看看怎么回事?”

“哦，不用了。”上校说道，“不管有什么问题，我们都可以马上解决。”

随后，德斯蒙德就立刻被调回了医务营。不过，为了保险起见，海恩斯给团长和道斯各发了一份由三军总司令罗斯福总统和陆军参谋长乔治·马歇尔上将签署的文件，明确了良心拒服兵役者可以不用持枪。

现在，确定隶属于307团医务营的德斯蒙德被编入B连，全师继续实施训练，一部分在印第安敦盖普这个西弗吉尼亚的训练场，另一部分则是在弗吉尼亚的皮克特训练营。道斯所在的单位开进了西弗吉尼亚的群山之中。大家穿着卡其布军服，坐着敞篷卡车，浩浩荡荡驶入了7英寸厚的皑皑白雪。

在大山里集训期间，发生了一个小插曲，对后来的实战产生了重要影响。有几次训练课是让大家学习打用于爬山的结。德斯蒙德曾经在青少年传教志愿者组织接受过相关训练，对打这种结非常在行，但是他依然参与训练，跟大家一样练习。有一天，绳子不够用，道斯没有练习的绳子。本来是两人共用一根、各执一端的，德斯蒙德就利用中间部分，把它对折起来进行练习。当他利用对折的绳子打一个不会滑脱的死结时，他发现自己做成了两个结，而不是一个。两个结都很牢固。他之前从来没见到有人打成过这样的结，于是在心里记住了这种打法。

1944 年 3 月的第二周，第 77 师在美国境内作了最后一次机动。这些肩扛自由女神像的全师官兵现在已经训练有素、活力充沛、士气高涨，急切地要在战斗中证明自己。他们在皮克特训练营登上了运兵专列，一路向西，向着太平洋，向着日本人进发。多萝西和其他众多妻子一样，获准来到营区道别。她和德斯蒙德前一晚在营区招待所独处时已经互道珍重，现在他们能做的只是凝视着对方，不断重复着“我爱你，我爱你”。

往西经过的下一个主要城市是林奇堡。德斯蒙德执行帮厨任务，正在行李车车厢削土豆，这时他认出了家乡郊区的那些标志物。他知道，火车会从他家旁边驶过。他也知道，父亲喜欢看着火车从旁驶过。德斯蒙德把和他一起帮厨的战士招呼过来，大家拿着拖把和扫帚，齐刷刷地站在打开的双层门口。不出所料，眼前出现了熟悉的房屋，以及门口那熟悉的身影。

“预备，开始！”德斯蒙德大吼了一声，他的伙伴们开始挥舞手中的拖把和扫帚。道斯先生也向他们挥手，却不知道其中就有自己的

儿子。

就在此时，德斯蒙德突发奇想，找来一张纸巾，匆匆忙忙地在上面写道："亲爱的爸爸妈妈，我上路了。为我祈祷吧。"

他用一块手帕系住纸巾，在外面写上父母的名字和地址，然后将它扔出了车厢，希望它能被人发现并送给他的父母。（第二天确实送达了。）

火车继续哐当哐当地穿过林奇堡，越过一段高架桥，向着太平洋驶去。德斯蒙德依依不舍地向着满载着儿时记忆的场景回望。一日之间，两次道别，哪个战士也受不了。他业已低沉的情绪突然跌入了谷底。他突然感到一阵恐惧，觉得自己再也见不到自己的亲人了。火车还在高架桥上穿行。我还是跳下去吧，他忧郁地这样想着。

德斯蒙德没有跳，而是从口袋里掏出了他最珍贵的东西。那是他们结婚后多萝西送给他的《圣经》。她在书中做了一个标记，以示激励。这段话非常应景。他再次读了起来："你们所遇见的试探，无非是人所能受的。上帝是信实的，必不叫你们受试探过于所能受的；在受试探的时候，总要给你们开出一条路，叫你们能忍受得住。"

接着他又翻到了第一页。那儿有一封信，是她将《圣经》送给他之前写的。火车载着他西去，伴随着身下车轮哐当哐当地每一次声响，他距离自己心爱的女人也越来越远。他开始阅读她写的这些字句，一如他之前无数次的阅读。

亲爱的德斯蒙德：

当你阅读研习了这本小小的《圣经》，从圣言中得到宝贵的承诺，希望你在经受任何考验时都能变得强大。

愿你对神的信仰给你带去安宁祥和，不管前路多么黑暗，希望你永远不会忧伤孤单。

如果我们此生无缘再见，定能在天堂欢聚。愿仁慈的上帝在那里赐予我们一方天地。

爱你的妻，

多萝西

1942 年 11 月 22 日

德斯蒙德·道斯合上了《圣经》，将它放回到贴近胸口的口袋里。火车在提速。他叹了口气，走回到土豆旁边。就这样，他离开家走上了战场。

第三章
夺取巴里加达水源行动

波涛汹涌的海面上，一艘颠簸起伏的大型运输船看上去就像是一头巨大的海怪。它身旁低得多的地方，登陆艇在太平洋灰色的海面上上下摇晃。大雨拍打在士兵们的身上、头上、脸上，模糊了远处的海岸线，呼啸的风声掩蔽了炮火声和爆炸声。

“好了，2 排，上登陆艇！”威利斯·芒格中尉——这个面带稚气的年轻人暂时代替了根托中尉——抬腿翻过栏杆，其他人随后跟上。轮到道斯了。他背着背囊，腰上别着水壶和工兵铲，两肩各背一个大急救包，负重加起来超过 75 磅。大雨中船身不停摇晃，他只得用又冷又湿的双手紧抓围栏，终于感觉双脚够到了船舷侧的绳网。找到落脚点之后，他开始顺着网向登陆艇爬去。

“全员登艇完毕，长官！”有人喊道。

“开船！”

登陆艇缓缓驶离母舰，朝着汇合点驶去，风雨中随着海浪时而“嗖”的一下飞向浪尖，时而猛地落到海面，令人作呕。

很快，船上所有人开始晕船。芒格中尉比他指挥的大部分士兵都年轻，他努力想要保持体面，但脸色已经变绿了。

就这样，德斯蒙德·道斯和他所在的2排一起乘着无顶的小船，冒着暴雨，开始了他们的第一次行动。这是一次大胆且冒险的行动。如果成功，美军的先锋部队将可以向前推进足足1000英里，深入至日本本土和加罗林群岛之间的日军占领岛域。77师的目标是关岛——美属马里亚纳群岛中最大的岛屿。日军偷袭珍珠港后不久就占领了那里。

77师自1944年4月1日（即德斯蒙德入伍两年后）抵达夏威夷后，就一直在为这次行动——进攻布满防御工事的岛屿——进行训练。其中的一项内容就是要求所有医护兵携带武器装备，因为过往惨痛的经验证明，日军会优先搜寻并射杀医护兵，认为这样能够影响美军士气。副营长杰拉德·古尼上校曾命道斯携带武器，却被他拒绝了，于是上校建议他返回美国。最后一刻由于B连连长弗农上尉的通融，他

终于留在了连队里。

而现在，越来越靠近关岛，德斯蒙德反而不太确定留下来是不是明智的决定。这时，登陆艇撞上了离海滩约400码外的珊瑚礁，这倒成了一种解脱。舷梯被放了下来，其中一人首先小心翼翼地进入水中，水位没至他的下巴。道斯下水后，水位到他的腋窝。由于背囊、枪支和弹药等负重，一些身材相对矮小的士兵不得不依靠别人的帮助艰难地向遥远的海岸跋涉。

晕船本就使人虚弱，涉水行进四分之一英里也很耗费体力，待B连终于在海滩集合时，士兵们已是筋疲力尽。第一次进攻中阵亡的美军尸体已被转移，可海滩上还到处都有日军尸体，泥坑里、泥坑外，躺着的、趴着的，姿势各异，各种扭曲。德斯蒙德尽量不看尸体。军队曾试图教他憎恨敌人，但没有成功。

德斯蒙德查看了一下，好友格伦和多里斯都安全上了岸。连队在弗农上尉的带领下，徒步向5英里外的宿营地进发。道路因为重型坦克的碾压以及丰沛的热带降水的冲击而形成了许多泥坑，有些地方水深及腰。待抵达宿营区时，士兵们已经到达体力极限了。德斯蒙德打开口粮袋，里面有一块夹着培根的奶酪。因为他不能吃猪肉，于是把奶酪给了其他战友，自己则开始用力咀嚼袋子里那硬邦邦的、毫无滋味的饼干。大兵们都管那叫“狗粮”。口粮袋里还有香烟和咖啡，德斯蒙德两者都不能用，所以把它们都扔了——这样暴殄天物的行为也干不了几次。接下来可没那么多香烟和咖啡让德斯蒙德扔了。尽管它们是可以用来换一块“狗粮”饼干或是一块糖的。

B 连所在的 307 团 1 营是后备部队。四天来，士兵们又湿又冷，白天披着雨衣蜷缩在一起，晚上在单兵坑里瑟瑟发抖，还得时不时往外舀水。他们身上的纯棉绿军装就没干过，双脚也是如此。

终于，出动的命令来了，而且要迅速出动。他们要横穿这座狭长的岛屿到达东部，然后疾行向北抵达巴里加达的十字路口。那里是个战略要地，有一口饮用水井。尽管岛上一直在下雨，但登陆部队饮用水告急，而这座珊瑚礁岛上的水井很少。因此，必须把巴里加达拿下。

横穿岛屿大约 8 英里，再向北 5 英里就是巴里加达，但这是直线距离；实际上沿途要绕过小山，经过蜿蜒的丛林小路，实际路程要远得多，而且沿途的安全也是问题。为了尽快抢占水源，前头部队一路疾行，竟然绕过了日军的狙击手、后方巡逻队、甚至大股的日军。因为是独立行动，1 营经过之后，身后的丛林便恢复了平静，无人尾随。

德斯蒙德选择了 2 排距离排头约三分之二的位置。他在队伍前面行军毫无意义，不仅因为他是日军高优先级目标，而且也因为他在队伍前面无法照看战友。当然选择殿后也是不明智的。

队伍继续快速前进。有个狙击手朝他们开了一枪，不过没有人受

伤。大家都仔细留心脚下，尽量不碰触任何东西，提防敌人布下的饵雷。日军甚至会用自己人的尸体设下埋伏：翻开一具尸体，往往会引爆一颗手榴弹。

不过日本人肯定不会丢下一支美国产的钢笔。有个士兵看到路边有支钢笔在闪闪发亮。他年纪不大，是个有点冒失的乐天派。

“嘿，看那儿，”他喊道，“有一支钢笔!”

他身旁有三人停下脚步，在他拣笔的时候凑了过来。突然，一声爆炸响彻丛林——钢笔触发了一枚白磷榴弹。

德斯蒙德听到了喊叫声——“医护兵！道斯！道斯!”他急忙赶过去，还没到就先闻到了一股焦肉味：白磷附着在皮肤上，燃烧时产生高热。拣笔的士兵承受了爆炸的大部分能量，他的身体被炸得血肉模糊。其他三人都有不同程度的烧伤和弹片伤。

德斯蒙德取下急救包，开始工作。触发饵雷的士兵伤得最重：大量失血，严重烧伤，已经处于休克状态。德斯蒙德先为他止血，并处理了烧伤伤口。还有一人伤得也挺重，于是德斯蒙德接下来为他进行治疗。其他两人的情况要好些。待他完成伤员的处置时，4 名担架手已经就位，他们将把两名重伤员抬回营地救护站进行救治。其他两名伤员仍可行走，将随部队继续前进。

直到所有这些都完成之后，德斯蒙德才意识到这是他第一次救助伤员，而且没有惊慌失措。如果那两位重伤员能够活下来，他迅速有效的处置功不可没。德斯蒙德默默地快步追赶队伍。

夜幕降临之前德斯蒙德赶上了 2 排。他们途经一些废弃的装备和营地，熄灭的火堆还有余温，说明他们距离日军主力越来越近了。有 7 名想要潜入 B 连区域的日本士兵被歼灭。

已经好几天没有派发饮用水了，士兵们到处想办法找喝的。因此，几乎所有人都饱受恶心、头痛和腹泻的折磨，这也使得他们夺取巴里加达的欲望更加强烈。

上级下达了作战命令。2 排处于营前锋部队的中间位置，朝某路口进发。士兵们快速穿过丛林。突然，侦察员一等兵朱利安 · 佩雷斯开始射击。一挺轻机枪在向他们开火。一等兵安杰洛 · 帕切拉中枪倒地。芒格中尉命部队停止前进，同时命几名士兵包抄那挺机枪。对方被消灭后，队伍才继续前进。

战斗愈演愈烈，有几个连队都参与进来，开始了猛烈进攻。日军开始反击。道斯给自己挖了个小坑，尽量降低自己的存在感。他看到路上一个美国士兵跳起来，猫着身子向前跑去，然后突然倒地一动不动。接着不知从哪冒出来一名军官——显然是那名倒下的士兵的连长——直着身子朝士兵跑去，边跑边挥手，口中还喊着士兵的名字。

德斯蒙德也开始朝那名士兵跑去，不过他保持屈身跑步姿势。士

兵倒地时脸朝下，德斯蒙德只得抬起他的一条腿，交叉放在另一条腿上，然后把他翻过来面朝上躺着。他的胸前已被血浸透了，连长在一旁爱莫能助。德斯蒙德双手撕开他的军装上衣，一块炮弹碎片将伤者的胸膛撕出了一个大洞。

医护兵知道他已经无能为力了，可他还是打开了急救包，取出了一大块纱布。待他完成包扎时，士兵咽下了最后一口气。他死了。

德斯蒙德默默进行了祷告，虽然简短，却很虔诚。随后便和那位上尉连长迅速后撤到隐蔽处。待他躲到矮树丛里大口喘气时才意识到，他失去了他的第一位美国伤员。

巴里加达前面是一大片空地，空地那边有一座废弃的绿色小屋。“那看起来是个很好的掩护。”芒格说，“咱们去拿下它。”

芒格和佩雷斯屈身迂回穿过空地向小屋跑去。2 排的其他人每三人或两人一组，紧随其后。突然，一辆敌军坦克穿过村庄，轰隆隆地朝团指挥所驶来，炮台上的机枪喷吐着火舌，坦克所到之处死伤一片。2 排有两人中弹。日军开始向小屋发射迫击炮和火炮。

“想走的可以走——我不会怪你们，”芒格对他的部下说，“但我要守在这儿。”

没有人离开，所有人都跟他一起坚守。查尔斯 · 孔泽中士主动请缨去请求支援。他飞速跑过空地，向弗农上尉报告了小屋的情形。

“让芒格回来，”弗农说，“那小屋根本不值得死守。”

孔泽再次飞奔回去，传达了上尉的指示。在连队其他人的火力掩护下，芒格带着部属离开了小屋，但他中枪倒地——牺牲了。佩雷斯和孔泽也受了伤。不过日军的攻击也被击退。第二天上午，美军拿下了村庄和那口井，还有一个小蓄水池。

确保村子安全后，美军开始将战场上的尸体集中起来。战斗中也有当地土著查莫洛人丧命。德斯蒙德走过尸体集中地旁边时听到了轻微的呻吟，好像还看到一个土著人动了一下。战斗中土著人曾为美军提供了很大的帮助。德斯蒙德走到那人身边蹲了下来，可他摸不到对方的脉搏。他又把手指轻轻地放在那人的颈动脉上，竟然感觉到了极其微弱的跳动。他还活着！

德斯蒙德为他进行了检查，找到了伤口，并进行了处理。然后他查看了所有遗体，又发现一名美国士兵还活着。德斯蒙德把两人都送到了营部救护站。从那时起，他不再放弃任何一人，直到确认已经死亡。

“难道照顾咱们自己人还不够你忙吗？”格伦问道，“怎么还去帮这些土著人？”

“人人都是上帝的孩子，我无权判定谁该活着，谁该死掉。”德斯蒙德回答，“上帝决定生死，而不是我。我相信我应该尽我所能帮助所

有人活下去。”

“要是他们并不适合活下去呢？”

“哦，这么说的话，”德斯蒙德说，“我倒觉得不适合活着的人肯定也不适合死亡！若一个人不配活着，死亡不就是他最悲惨的命运吗？那样他会万劫不复。一个人不论他多么坏，都有活着的权利。这样他才有可能发现耶稣的教诲，才能被拯救！”

307团在巴里加达共死伤85人。此外，恶劣的生存条件——阴雨绵绵，水质污染，蚊蝇成群——致使不少士兵病倒。

第四章

关岛战斗打响

真正的战斗打响了，部队继续向日军推进。侦察小队不断先于推进线进行侦察。如果他们没有遭遇抵抗，大部队就向前推进；如果遭遇抵抗，则由上级决定何时以何种力量进攻。

2排受领侦察任务时，德斯蒙德都会随队前往。他的老友豪厄尔中士——营部救护站里的高级军士之一——听说德斯蒙德要随步兵一起去侦察。

“道斯，你疯了吗?”他问道，“你来这里不是去送死的。你的职责是努力活着，这样战友受伤时你才能去帮他们。如果弗农上尉或者其

他人再派你去侦察，你就告诉他，那不是你的职责。”

“那或许不是我的职责，”德斯蒙德对他说，“但它是我所秉持的。我认识他们每一个人，他们是我的战友。他们有家人，有的还有妻子孩子。如果他们受伤了，我在那里就能照顾他们。”

他仍旧继续随队侦察——无声无息地在林间行走，时刻关注着眼前的战友们，搜寻任何可疑的动静，对可能的饵雷和地雷保持高度警觉。如果侦察行动中有人中枪，其他人就会围拢过来，掩护道斯进行急救，然后一起撤退，将伤员送到安全地带。

即使没有遇到抵抗，道斯随队行动也能提高侦察效率。要知道，即使最勇敢的士兵也担心自己受伤后会脱离队伍，无助地祈盼敌人的怜悯，而敌人毫无怜悯可言。但若道斯在，这样的担心就会减轻许多，因为他们知道他不会丢下他们不管的。

弗农上尉和其他军官也希望道斯能随部队一起行动。弗农一向比陆军部队的其他军官都要勇敢正直，他自己也去执行侦察任务，希望所有部下都能跟他一样勇敢。

然而，这位勇敢的上尉和那位勇敢的医护兵之间却时有摩擦。当有人受了轻伤但可能发生感染时，当有人发烧或腹泻不能继续执行任务时，道斯都坚持把伤员病号送回救护站接受军医的检查治疗。甚至有时伤员本人都不愿回去。弗农上尉觉得道斯关心过头了。他自己只要有一口气在就一定会战斗到底，因此他希望自己的兵也能如此。

“那人的伤并不重，”一天，他终于忍不住怒气向道斯吼道，“你根本没必要把他送回去。”

“他需要更多的治疗，可我给不了，上尉，”道斯轻声说道，“我别无选择。”

“你们这帮搞医护的对他们呵护过头了，”弗农说，“我们是来打仗的，不是来开医院的。”

“上尉，”道斯说，“他们中有人非常虚弱，坚持下去对你、对他们本人都没有好处。侦察时他们都不知道自己在干什么，这样不只会害死他们自己，也会害死我们其他人。”

与此同时，他还承受着另一方面的压力。“我听说你跟他们一起去侦察了，这到底是怎么回事？”救护站军医利奥·坦恩上尉问，“你若受伤了就谁也帮不了了。侦察是步兵的事，你老实在你该在的营区待着就行了。”

一次，德斯蒙德去救护站补充物资，回到连队发现 2 排已经出动了。于是他动身穿过丛林，想要赶上部队。不过他刚走了几百码，就被连队的另一名军官看到了。

“回来，道斯，”他说，“这里到处都是日本兵。”

“可我要找到我们排。”道斯说。

“他们已经走得很远了，”那名军官说，“你不可能活着追上他们的。快回来！这是命令。”

回到营地后，德斯蒙德被一种不安的情绪笼罩，仿佛有什么事情将要发生。晚上，他特意为战友们向上帝做了祷告。他每天都坚持做祷告，有时候上午，有时候晚上。甚至在就着脏水嚼着难以下咽的“狗粮”饼干时，他还不忘感谢上帝赐予他食物。不过他不一定都跪着做祷告了。在前线，随时都可能有日军悄悄摸近连队的防线。向一切会动的目标射击，这是一直要遵守的命令。如果德斯蒙德将头伸出单兵坑去，肯定会被打掉的，因此他觉得不论他用什么姿势做祷告，站着，跪着，或是躺在泥坑里，上帝都能听得到。

他向上帝请求，如果可以，请上帝特别给予 2 排保护。第二天一早，乔治·布莱克中尉——芒格中尉的继任者——带着两个部下突然出现在连队营地，三人都受了轻伤。

“我们遭到了猛烈炮击，火炮，迫击炮，整夜都没有停，”布莱克报告说，“我们有几个人中弹了，需要看护。”

德斯蒙德立刻起身，把急救包往肩上一搭，说道：“长官，我这就去。”

中尉带着他这个医护兵和一小队步兵回到了 2 排所在地。沿途总有狙击手出没，有几人因此受伤，德斯蒙德为他们包扎了伤口。听了中尉对于炮击的描述，德斯蒙德觉得有人能活下来简直就是奇迹，而2排只有1人阵亡。德斯蒙德坚持为最后一名伤员处理完伤口。

返程途中，他被狙击手击中的几率提高了一倍，因为他一直在架着一位腿受伤的战友行进——战友一手揽着他的脖子，单脚跳着向前走。好多次子弹穿过树叶呼啸而来，两人都趴倒在地。虽然路远曲折，但他们最终还是安全抵达了营地。

两天后，B连再次汇合。2排又一次被派去侦察，这次医护兵没有随行。弗农上尉得知德斯蒙德没有随队侦察时，他让德斯蒙德去追赶部队。此时侦察小队早已走入丛林深处，那里到处都是日军狙击手。道斯知道，侦察队里新补充进来的士兵甚至比狙击手还危险，因为他们见到什么都开枪。

“现在出发太晚了，上尉，”德斯蒙德说，“即使日军没有打中我，那些新人也会打中我的。”

“你是拒绝去喽?”弗农问道。

“上尉，我去的话必死无疑，而且我有权不执行这种必死的命令。”

弗农火了。“我要送你上军事法庭!”他嚷道，“你们这帮药筒子也必须像别人一样执行命令。”

德斯蒙德赶忙跑到救护站，把情况报告给军医坦恩上尉，后者则立即向团部报告。坦恩早就听说弗农常把他的医护兵称作“药筒子”

或“娘娘腔”，所以比较讨厌他。当然，谁也没上军事法庭。弗农上尉得到正式通知，道斯听从医务营的命令，而不受B连军官的指挥。小插曲就这么结束了，但德斯蒙德清楚，这下惹怒上尉了。

经过这次，德斯蒙德自己对于司令部职责也有了一点了解。1营正在清除巴里加达北部零星的抵抗。部队独立行动，行进迅速，很快就消失在了丛林中。

突然间，枪声响起。有埋伏！四人受了重伤。德斯蒙德第一时间冲到了他们身边进行急救。

可现在全营基本上已经全部过去了，德斯蒙德该如何处置这些伤员呢？他们走不了，德斯蒙德也不能把他们留在那里。他处理伤口时有人带着担架从旁经过，给他们留下了4副。这时后卫部队经过，再往后除了日军不会有人了。后卫部队由一名步兵中士指挥。德斯蒙德虽然不认识他，但知道他一定很勇敢很能干才会受到信任，去完成这个重要的任务。

“我需要借你几个人帮我抬伤员。”道斯对他说。

“你疯了吗？这是后卫部队，我一个人都匀不出来。”

“我不管，你必须借人给我。难道你让我把他们留在这里等死？”

“这忙我帮不了，”中士没好气地说，“我只知道我没人能借给你。”

中士是喊着说的，德斯蒙德同样喊了回去：“我是医护兵，现在是紧急情况，我命令你派人帮我抬走这些伤员。如果你拒绝，我会记下你的名字和编号，你就等着被降级成列兵吧。”

“好吧，我必须请示一下中尉。他已经走到前面去了。”

“行，那你去请示，”德斯蒙德同意了，说道，“但必须给我留下几个人，直到你回来。”

中士顺着队伍向前跑去找中尉。林中安静了下来，只留下了伤员和其他几个士兵，大家看起来都很担心。不过中士很快就跑回来了。

“好了，”中士喘着气说，“中尉让我们配合你，不过动作要快。来吧，赶快离开这里。”

士兵们迅速抬起担架，快步朝着部队前进的方向跑去。德斯蒙德一直随行在侧，直至将伤员安全转移至后方。

关岛战役就要结束了，只剩下一些扫尾作战。77 师转移到一处宿营地休整，同时训练刚补充来的新兵。坦恩上尉把德斯蒙德叫到了救护站。

“我把你调离 B 连了，”他说，“以后你就在救护站外当担架手。如果弗农上尉不知道如何使用部队最好的连队医护兵，那么就让我来吧。”

德斯蒙德收拾行装，搬到了医护营。那里有他几个朋友。其中一个就是担架手赫伯特·谢克特。赫布（即赫伯特）一头黑色的卷发，个子不高，长得很敦实。他话不多，人很真诚，也信教。他和德斯蒙德一样，也坚守安息日，不过他是犹太人，不是基督复临安息日会的教徒。两个年轻人喜欢一起讨论宗教，在许多哲学问题上两人都能达成共识。

“伙计，真高兴能认识你！”赫布嚷嚷道，“我打赌你搬到这里肯定不会后悔。”

“是的，我想也不会。”德斯蒙德说。可他内心深处并非如此确定。与战斗分队在一起，他觉得自己能更好地为战友、为祖国服务。或许他应该属于那里。

南太平洋一处不知名的滩头，美军士兵正在离开登陆艇。道斯参加过三次类似的登陆：菲律宾莱特岛、关岛和冲绳岛。（加利福尼亚洛马林达大学德尔·韦布图书馆友情提供）

南太平洋一场战斗中，美军士兵在一处无名滩头进行防御。道斯去世后从他的个人文件中找到了若干张类似照片，这是其中一张。可以推断，这是他参加的某次登陆（菲律宾莱特岛、关岛和冲绳岛三者之一）中拍的照片。（加利福尼亚洛马林达大学德尔·韦布图书馆友情提供）

南太平洋某次抢滩登陆后，担架手抬着伤员向内陆相对安全的救护站撤退。(加利福尼亚洛马林达大学德尔·韦布图书馆友情提供)

美军 77 师向关岛前线进发。(美国军方照片)

第五章

决战莱特岛

没有什么比在热带海洋上航行更让人放松了。1944 年 11 月，辛苦作战许久的 77 师几乎整月都在海上向南航行，朝着新喀里多尼亚的休整地域进发。白天风平浪静，夜晚繁星点点。晚上，德斯蒙德不愿意在烟雾缭绕的船舱里待着，他喜欢躺在甲板上感受赤道附近潮湿的气候，看着夜空中闪烁的星星，仿佛触手可及。

几个月来第一次有了新鲜的食物，道斯感觉疲乏的肌肉再次充满了力量。

白天，他抓紧时间补习课程。自打记事以来他就开始学习《圣经》

了，他很高兴能有机会每天花几小时与这个老朋友交流。这本《圣经》是多萝西给他的。他经常翻看她给他写的那封信。虽然她远在万里之外，但那熟悉的充满爱意的抬头字迹“亲爱的德斯蒙德”拉近了彼此的距离。

学习《圣经》的时候，常有人来跟他讨论宗教话题。德斯蒙德梳理了常被问到的问题，在小纸条上写好回答，夹在《圣经》相应的位置。当有人问问题时，他可以一下子翻到《圣经》的相关章节，迅速瞥一眼纸条，马上就能给出解答。于是船上的人都说他是真正读懂《圣经》的人。

当然，与德斯蒙德聊得最多的还是他的老朋友格伦、多里斯和赫布·谢克特。不过也常有其他人来跟他一起讨论理论问题，其中就有B连军官肯尼思·菲利普斯中尉。他来自北卡罗来纳，是一位虔诚的长老会教徒，也喜欢谈论宗教。除他以外，德斯蒙德和其他军官交流并不多。弗农上尉尤其冷淡，B连的其他军官大都跟他们的领导保持一致。

虽然德斯蒙德不能再与2排以及B连的战友们并肩作战了，但无论如何难过都于事无补。他将继续尽全力为他的战友服务，为祖国奉献，希望能一切顺遂。

离新喀里多尼亚还有四天行程时，航向突然发生大偏转，军舰开始朝西北前进。很快，消息便传遍了整个船舱：77 师不能去新喀里多尼亚进行休整了，要前往菲律宾莱特岛。

这个消息并没有太出乎大家的意料。船上的广播已经告诉大家美军在莱特岛推进缓慢。日军高层公开宣布，要将莱特岛战役作为菲律宾群岛的决战。日军几乎将全部力量都投入到了吕宋岛南部的这个战略意义重大的小岛上。

舰队先向北，到马努斯岛补充了人员和物资，然后到达莱特岛东岸，在一个已经占领的滩头登陆。此时已进入雨季，天上、地上、空气中，到处都是水。稻田全被齐膝的洪水淹没，公路的情况也差不多。想要保持双脚干爽几乎是最不可能的奢侈品。

从莱特岛登陆两周后，部队被紧急秘密召回，再次登船，一路向南，绕过岛屿的最南端。出海后，官兵们分组在船上集合，通过有线广播收听了一名作训军官作的任务简报。情况如下：

> 日军投入大量兵力，在岛西北部的奥尔莫克附近发起了顽强抵抗。美军已从北、南、东三个方向对其实施压制。77 师将借由水路从西面发起进攻。

德斯蒙德和医护营的所有人都清楚，为了压制敌军的顽强抵抗，

战况将会非常激烈，伤亡人数一定会很多。

对于他的新任务，德斯蒙德的心理很复杂。尽管B连和2排来了很多新面孔，但原来的一些老兵还在。虽然跟作战分队一起行动更危险，但他一向都在为此做准备，而且他相信那样才能更好地为国家奉献。不过这并不是说他在战斗中做担架手这个新任务就很容易。他要在战场上找到伤员，并将其安全带回救护站进行治疗。他在1营救护站外工作，那里负责保障A、B、C、D四个连队，因此他还是有机会接触到原来连队的同僚。

12月8日，天还没亮，美国海军巡洋舰和战列舰开始向奥尔莫克南部海岸线进行密集轰炸，爆炸声不绝于耳。德斯蒙德所在部队属于第一波次进攻部队。坐满士兵的登陆艇蜂拥着向那片地狱拥去。直至他们靠岸前几分钟轰炸才停止。这期间，无数炮弹从他们头上呼啸而过，发出“嘶嘶”声，听上去让人心惊胆战。岸上目光所及之处砂石四溅，浓烟滚滚。

这一次登陆艇直接开到几乎靠岸的浅水区才放下登陆跳板。士兵们一拥而下，全速通过海滩向密林奔去。德斯蒙德所在分队非常幸运，他们实际上没有遭遇日军的任何抵抗。后来才得知，原来日军等待的支援力量也要从那里登陆，从而错把美军当成了自己人。1营向前推进，跨过公路，趟过水田，直至与日军位于奥尔莫克南部伊蒂尔村的前哨遭遇。两天后伊蒂尔村才得以扫清。

8日下午，B连接到命令，向前穿过一条小溪，抢占对岸的山头。D连的机枪手负责提供火力掩护。当全连一半成员已经穿过小溪时，弗农上尉接到命令，要求将整个连队撤回至营部。于是产生了混乱。一部分人仍旧奋力登山，而另一部分人开始撤退。

“这到底是为什么？”根托中尉问道。

“日军正在反击我右后翼部队，”弗农说，“我们要去支援，打退敌人。”

一波迫击炮弹袭来，落点正是山腰上为部队后撤提供火力掩护的机枪手们所在地点。一名机枪手的头部被弹片击中，头盔被打飞，喷出的鲜血流了满脸，眼睛也被糊住了。

“医护兵！医护兵！”他大叫起来。

克拉伦斯·格伦听到了叫喊声。他和连队的大部分士兵已经安全撤了回来，他应该跟自己的连队待在一起。但是又传来了叫喊声。格伦离开掩体，向伤员冲去。可就在离伤员还有大约10码远的时候，格伦倒下了，一动不动。

此时，机枪手们接到了撤退的命令，开始全员撤退。就这样，受伤的两人躺在那里，没人知道他们是死是活。

格伦受伤倒地的消息传到了营部救护站的德斯蒙德·道斯耳中，

他的脑海中闪过了以前在美国时，他、格伦和多里斯带着妻子一起玩的情景。一想到格伦家中的妻儿，他便知道不能就这样丢下格伦不管。

“我去带他回来。”他说。

“那还有一个人，”另一个声音响起，“格伦去救的那个人。”

“我跟你一起去，道斯。”赫布·谢克特主动请缨。

他们距离伤员的位置还有几百码距离。而离伤员几码处，就是密林。美军已经撤退。毫无疑问，林中有日军正一步步向伤员靠近。

德斯蒙德和赫布弓着身子，尽可能贴着地面跑上山坡，朝伤员跑去。他们俩都是老兵，战术动作非常熟练：二人保持距离，时而跳进弹坑，时而快速前进。德斯蒙德跑到D连伤员旁边平躺下，几乎同时谢克特也找到了格伦。

德斯蒙德认真检查伤员的伤势。他满脸是血，前额有一个大伤口；血流进眼睛后凝固了；他不断呻吟着，意识已经不太清醒。德斯蒙德用纱布蘸水壶中的水轻轻擦拭他的额头和眼睛。血迹和污垢清除干净后，一张非常年轻的面孔出现在眼前。糊着眼睑的干血块融化后，男孩睁开了眼睛。

那一刻，男孩儿笑了，尽管子弹还在“嗖嗖”地不停从头顶掠过，尽管山上的敌人近在咫尺，他笑了，他的笑容仿佛闪烁着光芒，照亮了四周。

“我能看见了，我又能看见了，”他小声说，“我以为我瞎了呢。”

那一刻，德斯蒙德也感受到了那份喜悦。他很清楚那笑容背后的意义。男孩中弹后以为自己瞎了，只能留下来等死了，没想到自己又能活下去了。那个笑容将会永远印在德斯蒙德的脑海中，作为对自己最大的回报。他到部队接受训练的目的正是为此。但是他不能耽搁太久。

“你能动吗？”他问。士兵活动了一下四肢，点了点头。

“那就慢慢往回爬，小心点。我要去看看另一位伤员。”

几码之外，谢克特躺在格伦旁边。

“他怎么样？”德斯蒙德轻声喊道。

“他还活着！”谢克特回话。

子弹开始向他们的头顶射来。日本人朝着两个美国人声音的方向开火。谢克特跳起来向前跑去。

“趴下，趴下！”德斯蒙德大叫，“趴到地上，装死。”

谢克特倒下了，躺在那里没了动静。德斯蒙德担心他的朋友中弹了，朝他爬去。其实赫布没事，他只是听了德斯蒙德的话，只不过演得太真实了而已。

“不能再说话了。”德斯蒙德小声说着，继续朝格伦爬去。他已经不省人事了。德斯蒙德没有时间仔细给他做检查，他必须赶快带他离

开这里。他脱掉了格伦的雨披，把雨披铺在旁边，再把他推到上面。因为所有这些都是躺在格伦身边完成的，所以德斯蒙德的动作看上去有点笨拙，也很吃力。谢克特爬过来双手各抓住雨披一角。

头顶还有子弹在飞，两个医护兵根本不敢起身，甚至连跪着也不行。他们只能躺在地上，先弓起身子向前挪动一点，再把雨披往前拽一点。还好他们走的是下坡路。爬了没多远，就有一个日本兵的尸体挡住了去路。他们只能从他身上爬过去，然后拽着雨披从上面过去。大概过了半小时他们才下到坡底，进入树林。终于可以直起身子了。

德斯蒙德用他特意随身携带的弯刀砍了两根木棍，和雨披一起做成一副担架。他和赫布把格伦抬到担架上。格伦睁开了眼。“是我，我是道斯。”德斯蒙德小声说着，检查格伦的眼睛是否有恢复意识的征兆。他抓起他的手，默默祈祷。

“主啊，求您赐予恩典，把他留给爱他的人吧。”

他和谢克特抬起担架开始往回走，前往救护站。担架很简陋，路途很远，天气闷热潮湿，而且他们抬担架时还得努力将雨披撑开，使之均匀受力，以免担架散架。每前进两三百码，他们就得停下来休息一下，然后德斯蒙德跪在担架旁，检查格伦的脉搏。他虽然处在昏迷状态，但还有呼吸。缓口气之后，他们便继续前进。路上依然有狙击手的威胁，因此他们尽量保持安静。一路上，他们上山，下山，还跨过了两条宽阔的溪流。现在，他们休息得更频繁了。浑身上下——后背、双腿、胳膊——酸痛不已。路上碰到了两名掉队的步兵，德斯蒙德说服他们也临时加入担架手的行列。四人一起抬担架，但依然很重。

前方，救护站就在不远处，再休息一次就到终点了。他们放下担架，德斯蒙德在格伦身边跪下探查他的脉搏，却没有感觉到任何跳动。绝望中他又试了一次，可是，克拉伦斯·格伦死了。

德斯蒙德惊呆了，跪在那里，一动不动。疲惫、脱水的他完全沉浸在巨大的悲痛中。失去了最好的朋友，他似乎也没有了活下去的欲望，甚至一动也不想动。其他士兵看见了他的状况，叫来了坦恩上尉。他们取下了他的头盔和急救包，灌他吃下了一把药片。事后德斯蒙德对这一段几乎没有什么印象。药片中有一片镇静剂帮助他睡了一整夜。显然有人替他担任警卫任务了。

药物的作用加上身体的疲惫减轻了好友之死给他带来的冲击。第二天早上一觉醒来，他体力已经基本恢复，能够暂时忘掉好友的牺牲，继续投入工作。

格伦之死带来一个明显的副作用：从那时起德斯蒙德再也不看他救治的伤员的脸。他不想知道对方的身份，以免又是另一个朋友。他还是会竭尽所能地救治所有伤员，尽快将他们送回救护站进行治疗，但是格伦的死令他万分悲痛，他不想让自己再经历同样的痛苦。

德斯蒙德只有一个晚上的休息时间。激烈的战斗还在继续，伤亡人数不断增加。除了日军，热带疾病和天气也造成了伤亡。原本步兵背着背囊和步枪可以行军25英里，可再强壮有力的双脚也受不了连续的潮湿。整个师的士兵几乎都染上了丛林热腐病，脚变得又红又肿。德斯蒙德想，至少他不用再跟弗农上尉讨论这种皮肤病的是非了。那位信念坚定的连长是不会理解这样的小毛病的。

德斯蒙德最重要的问题是没有足够的食物。他主要的食物是“狗粮”饼干和椰子。莱特岛上的椰子树跟弗吉尼亚的松树一样多，可即便如此，还是没有足够的椰子吃。从树上掉下来的熟椰子吃了会腹泻，所以他只能爬上高高的椰树采摘新鲜的椰子，用勺子吃里面的椰肉。

当地人在椰树树干上刻了凹痕，可间距太大，毕竟穿短裤、赤脚的菲律宾人爬树要比穿着军装军靴的美国大兵容易得多。可德斯蒙德还是作了尝试。一天，行军至某处，队伍停下休息。尽管已是疲惫不堪，德斯蒙德还是爬上一棵高树，摘下几个椰子丢给了树下的士兵。等他从树上下到地面时，胳膊、腿上有好几处擦伤，而刚才树下的人早已带着椰子走出好远去了。

另一次，也是在行军中途休息的时候，德斯蒙德看见大约一百码远处的篱笆外面有一些椰树，于是向椰树跑去，途中还跨过了一条沟。突然，篱笆墙开始喷射火舌——日军埋伏的机枪手。去找椰子的德斯蒙德立刻掉头往小沟跑，一头扎了进去。他的战友们向日军回击，消灭了机枪手，而美军却无一人伤亡。之后探查日军的埋伏地点时发现了其中的原由：那里有许多空酒瓶，他们喝了许多米酒，醉得无法进行有效攻击。这是德斯蒙德·道斯唯一一次觉得酒精也是有好处的。

横渡奥尔莫克河是部队的主要目标。1营过河之后开始继续向前方地域渗透。就在这时，高层决定部队无须向前渗透，而是撤回河的这一边。

可一名已经向前推进很远的士兵中弹了。德斯蒙德提着担架向他跑去。过了河，他遇到了一个似乎正在闲逛的中士。这个中士的工作是背着笨重的反坦克火箭筒，其实就是加农炮。这是连队里最差的工作。那天早上中士说他受够了，坚决不再背着它了。他正在等待军事法庭的审判——而此刻他却出现在了突破行动的最前沿。

“我来帮你，道斯。”他主动说。于是，二人一起匍匐着朝着日本人的方向前进，询问着伤员的具体位置。已经下达了撤退的命令，但有六名士兵主动留下来为他们提供火力掩护。德斯蒙德和中士继续向前，在与日军近在咫尺的地方听到了呻吟声。顺着声音他们找到了伤员，他还有意识。

“你哪儿受伤了？”德斯蒙德问。

“我的脚。”对方哼哼。

“你的脚！”中士怒道，“我们拼了命来救你，结果你说你只是脚伤了？”

“很疼。”对方呜咽道。

德斯蒙德检查了伤口：是个穿透伤，子弹穿过了脚踝，当然会疼。但德斯蒙德不禁想，如果是他自己脚踝受伤了，宁可拖着伤脚爬回去，甚至瘸着走回去，也不会待在离日本人这么近的地方等别人冒险来救他。

他和中士把那人放到担架上，抬着他先是一点一点挪，然后试着一小段一小段跑。最终他们把只是脚受伤的伤员安全带了回来。

那名主动冒着生命危险救护战友的中士后来还是接受了军事法庭的审判，并被判罚入狱。

到处都是日本兵，他们一看到医护兵和担架手就开枪。然而伤员需要照顾，医护兵别无选择。一天，德斯蒙德、赫布·谢克特和其他担架手一起在帮助伤员横渡奥尔莫克河进行撤离。河大约100英尺宽，水只有齐膝深，最深的地方也只到大腿根。可他们没有火力掩护，完全暴露在沿河上下游的狙击手射程范围里。德斯蒙德在担架左前侧，谢克特在右前侧。他们到岸边后缩成一团往上爬，尽量不被敌人发现。

在天空的映衬下，日军几乎瞬间就发现了河岸上的他们。一发子弹“嗖”地从德斯蒙德身边飞过，击中了谢克特。后者向前倒去，担架也随之倾斜，伤员摔到了地上。德斯蒙德把谢克特拽过堤岸，撕开他的上衣查看。他的背上有一个弹孔，于是他撒了些磺胺，然后用绷带进行了包扎。德斯蒙德和另外两名担架手赶忙先把担架上的伤员送到吉普车上，然后再提着一副担架来接谢克特。他还活着。他们正把他的担架往吉普车上抬时，一挺日本机枪开始扫射。司机猛地一脚油门，汽车向前冲去。德斯蒙德使出最大力气将担架往前推了一下，还好，担架在车上固定住了。德斯蒙德跟着车狂奔，一把紧紧抓住了车尾的支架，连跑带跳，或拖或拽的，总算是上了车。

他们安全抵达了营部救护站，但是谢克特再也没有醒来。又失去了一个朋友。道斯依然没有时间哀悼。

莱特岛的这片地区多山，山谷中地势稍平的地方都种满了水稻，到处都是水。在稻田里行军可不太好受，因为他们总是踩在几寸深的水里，没有隐蔽物，特别危险。

一名士兵就在这样的地方中枪，大声呼叫医护兵。后方救护站接到了求救的消息，并且得知伤员位置危险，暴露在敌人视线里。救护站里一片沉默，没人愿意去。

“我们不能把他丢在那儿不管，”德斯蒙德说，“如果我们等那里扫清之后再去，他会因为失血过多而死的。”

德斯蒙德从伤员战友那得知了他的具体位置。“要小心，”他们提醒道，“打中他的狙击手还在。”德斯蒙德认真计划了自己的行进路线。他沿着稻田边上的护土墙往山下前进，走到墙的尽头时他已经到了齐膝高的稻田里，可以隐蔽在里面匍匐前进了。他身后的山上，战友们在向对面山坡上开火压制敌人，好为德斯蒙德提供掩护。他知道，就在他所在的这片水田里不知哪里就可能藏着个拿着枪的日本人。他随时都可能进入对方的射程。可他顾不了这么多了。

那个他素未谋面的士兵腿部中弹，骨折，且大量失血。德斯蒙德先是躺在伤员身旁，严实地给伤腿做了包扎，然后拽着他向护土墙后退，速度很慢。

“嘿，”他大喊，“来个人帮把手。”

一名士兵翻过土墙，东拐西拐地跑到他身边。伤员将双臂分别搭在他们两人的肩膀上，被半拖半拽地撤到了安全地带。

到了山顶，德斯蒙德的朋友凯利中士跑了过来。

“道斯，我以为你随时都可能挂掉。在山上我们看得清清楚楚，你正好朝着一个狙击手匍匐前进！你竟然在他的射程里前进了十码。当时上帝一定在护佑着你。”

德斯蒙德顿时觉得心头发紧，后背发凉，双膝发软。不断有人走过来说他刚才的脱险多么不可思议。有好几个人都目睹了全过程。

等把伤员送到救护站后，他仔细回想了一下今天在稻田里奇迹般的经历。或许是那个日本兵不想暴露自己的位置，所以才没有开枪。

77 师继续作战，相继转战到巴伦西亚、利帮加奥、帕隆蓬。

同样的恶劣环境依然存在。在岛上的时候双脚永远不可能干爽。这天，德斯蒙德倒完垃圾回到救护站，看到 B 连有人来给他送信儿。

对方说，弗农上尉也得了丛林热腐病。他曾经称呼医护兵为“娘娘腔”“药筒子”，现在却来请求他们的帮助。医护兵中没人愿意冒险去为他治疗。

“我去给他治治脚，”一位外科医生说，“治完以后我保证他再也走不了路。”

而德斯蒙德已经背上了他的救护包。尽管沿途要经过满是狙击手的密林，尽管弗农对他从没有好话，德斯蒙德从来没想过不去。他是个医护兵，是个基督教徒，他一定要去治疗他的脚。

到了连部，他看到了正郁闷的上尉。弗农的脚因为丛林热腐病变得通红，他的脸却是因为懊恼变红的。德斯蒙德知道上尉的想法。这位坚不可摧的硬汉生理上和心理上都承受着痛苦。一方面，他想上战场上指挥战斗；另一方面，他曾那样诋毁过医护兵，现在却不得不放下身段，接受人家的治疗。

“你好，道斯。”

“你好，上尉。”

二人此外无话。德斯蒙德沉稳而高效地投入了工作。他尽己所能为上尉进行治疗：给他的双脚抹上特殊药膏，包上纱布。医护兵德斯蒙德·道斯镇定地履行自己的职责。包扎完毕后，他给弗农提了两个几乎不太现实的建议——双脚不要沾地，保持干燥——然后转身就要离开。他的前任连长张嘴想要说些什么，但最终还是咽了回去。德斯蒙德明白，要让弗农连长这样的人向一个列兵表达歉意和感谢太难了。

不久以后，接替道斯担任连队救护员的士兵突然死于肺炎。道斯跑去找坦恩上尉，申请调回 B 连。

“道斯，你疯了吗？”上尉问。

“没有，长官。我只是想回去和老战友在一起。”

坦恩叹了口气，着手安排调动事宜。德斯蒙德向弗农上尉报到时，这位连长不太客气地接待了他，客套话也没说。不过，接收手续结束后，弗农清了清嗓子，说：“道斯，如果连队里有什么不对的地方，你就告诉我，我会解决的。明白了吗？”

“是，长官。”德斯蒙德知道，弗农是用这种方式向他表达歉意，并表示欢迎。

此时回到 B 连，正是连队境况最差的时候。他们逐个村庄向前推进，和日军进行拉锯战。和日军一样，美军士兵也个个精疲力竭。日军把村子里的所有民房都建成了地堡，用轻武器与美军僵持。他们已经一无所有，却无人投降。被逼到绝境时就会点燃房屋，临死也要尽可能地拖着美军同归于尽。

太平洋战争全面爆发，德斯蒙德几乎没有机会关注日本人。他虽然也视他们为神国的同胞，但还是有差别。他在夏威夷的教堂里见到的日裔教众曾告诉他，在日本基督教徒参军是当不了医护兵的，要么扛枪打仗，要么被割喉处决。

这是军事教育中的重要部分，教育士兵憎恨敌人。尽管德斯蒙德从没有恨过，但这项训练确实减少了一些他的兄弟之爱。他有那么多的朋友被日军杀害，比如赫布·谢克特，他在救护伤员时背后中枪，还有克拉伦斯·格伦，这令他不由得有了些许复仇的念头。至于救护受伤的日本兵，曾有记录显示，那些日本兵躺在手榴弹上，呻吟着吸引注意。待医护兵将他们翻过来时，手榴弹就会爆炸，与医护兵同归于尽。被洗脑的日本兵认为，为帝国贡献生命，来世将会得到奖赏。如果能拽着美国人一起死，奖赏会更丰厚。

本地人，无论是查莫洛人还是菲律宾人，都恨透了日本人。他们讲述了日军的暴行：光天化日当街强奸妇女，若有反抗就会被杀害。美军不得不将莱特岛上为数不多的日本战俘保护起来，防止当地人伤

害他们。德斯蒙德就看见过一群当地人手拿大刀，追着载有解除武装的日军战俘的卡车跑。

尽管如此，当德斯蒙德见到他的第一批日军伤员时，他还是觉得应该帮忙。他们被送进救护站后，就一直无助地躺在那里。可旁边还躺着一位美国士兵，他肚子上的伤很严重，一直痛苦地大叫，请求谁能给他一枪，救他脱离这样的痛苦。德斯蒙德尽力进行完治疗后，转向了日本兵。

两名带枪的伤员正从旁走过，看到他的动作后举起了枪。

“如果你敢碰那些混蛋，道斯，”其中一人警告说，“我对天发誓，我一定会杀了你。”

于是德斯蒙德·道斯再也没有救治过日本人。其他任何人需要时，他都会进行救助。

晚上挖工事时，弗农上尉会在连队四周布置岗哨，还会设置饵雷，用引线连接手榴弹。若有人潜入连队区域，会引爆手榴弹。一天早上，德斯蒙德听到一枚手榴弹爆炸，接着是一个孩子的尖叫声。他一把抓起急救包循着声音就往外跑。

“等等，道斯，”有人喊道，“等我们先把饵雷解除。”

待饵雷解除后，德斯蒙德跑到了受害者身边。那是一个大概五岁大的小女孩，包括鼻子在内，浑身上下有十几处伤口都在流血。德斯蒙德担心她有脑震荡。连队正在临时休整，随时可能接到命令，但德斯蒙德记得曾经路过一家当地的小诊所，里面有护士，只有几英里远。他想把小女孩送到那里照料。连队有两辆吉普车，可没有弗农上尉的批准，两名司机都不同意带小女孩去。道斯便跑去找上尉。

“那两辆车都已装载完毕，随时准备出发，道斯，”弗农说，“你哪辆车也不能开。”

“那就让小女孩这样死掉吗？”道斯问。

弗农让步了。“那么，好吧”他说，“卸下一辆车，带她去。”

小女孩的父亲跑了过来，道斯让父女二人都上了吉普，他自己也随行。确认了她在诊所能得到精心照料后，他匆忙赶回了营地。几分钟后，部队出动。

一天下午，一个菲律宾人跑来找人给家里人看病，被带到了“医生”这里——平时大家都这么称呼德斯蒙德。那人的女儿受伤了。道斯马上收拾东西，带着急救包就跟他走了。那是他见过的最糟糕的伤口：开放伤深可见骨，已被感染，上面爬满了蛆，流出散发着恶臭的脓液。道斯用水清洗了伤口，用纱布擦拭后撒上磺胺粉，然后盖上敷料进行包扎。

由于日军的拼命抵抗，部队在这里待了好几天。德斯蒙德再见到那个女孩儿时，伤口恢复得很不错。

另一次，他被拖去给一个小宝宝治病。“我真的不会给小孩子看病，”一路上他不停地拒绝。他在部队从来没有接受过儿科的训练，不过他还是尽力去做。小宝宝发着高烧，因为大哭，眼泪鼻涕抹了一脸。德斯蒙德给他吃了四分之一片复方阿司匹林用来降烧，还留了四分之一片，交待两小时后给孩子吃。他特别嘱咐，水要先烧开再给孩子喝。他也只能做到这样了。第二天，这位新晋的“儿科医生”又来了，看到孩子已经笑着满地爬了。德斯蒙德跪在地上，跟孩子一起嬉笑。他成功救治了第一个孩子。

营地附近住着一位老人，他腿上有一块弹片没取，现在感染了，出现坏疽。德斯蒙德尽力进行了处理，但这样的伤必须到医院进行治疗。可老人不愿意去医院，担心自己去了就再也见不到家人了。老人上了年纪，既不清楚状况又害怕，而且德斯蒙德必须通过翻译才能与之交流。终于，德斯蒙德成功说服他去医院治疗，还通过后方指挥部安排了交通工具。老人的家人们——也叫他“医生”——为了向他表示感谢，要把家里的香蕉和最后一个鸡蛋送给他。因为鸡营养不良，骨瘦如柴，鸡蛋也小得可怜。德斯蒙德婉拒了礼物。

听说德斯蒙德是基督复临安息日会信徒，村里人告诉他，这里的复临信徒都住在半岛的另一边。他问能不能去拜访他们，村民们不仅表示肯定，而且热情地为他提供帮助。

德斯蒙德急忙跑回连队，拿上他的两个急救包，又跑了回来。他带着所有装备跳上了一艘独木舟。独木舟是由帆布、竹子外加精致的支架制成的。一个 14 岁的男孩充当向导和桨手。他们划出海岸，享受着这段出人意料的美好时光。绕过半岛时，德斯蒙德往岸上看去，发现了一具日本兵的尸体。他第一次想到半岛这边的日军可能没有清除干净。

他扭头看着正在划桨的男孩，问他附近有没有日本兵。男孩耸了耸肩。他不知道。

“如果附近有日本人，开始向我们射击，我们该怎么办？”德斯蒙德问。

“我会把船翻过来，”他的向导说，边说边用手比划着，“我们就都能躲到下面了。”

“哦，好吧。”德斯蒙德说。他没想告诉男孩他会六种泳姿呢。

幸运的是没有人朝他们开枪。又划了好一阵后，男孩驾船向岸边驶去。一步步靠近岸边，德斯蒙德看见妇女们提着陶罐，走到水里灌满水，再将水罐平稳地顶到头顶，然后回到岸上。

“她们到底在干什么？”德斯蒙德问。

“她们在取水，”男孩解释说，“那有一眼淡水泉。”

上岸后，德斯蒙德受到了当地人的热烈欢迎。他们把他带到一间

校舍，那里有25到30名病倒的伤员躺在地上。他们都是游击队员，一直在与日军作战。当地有一名护士，虽然知识有限，也几乎没有补给物资，但她还是在尽力照顾他们。德斯蒙德赶忙打开带来的两个救护箱，在场所有人对他充满感激，这简直比100万美金还珍贵。他帮助护士处理了几位重伤员的伤势，然后把救护箱里的所有东西都留给了他们。

后来他对吉姆·多里斯说："能够帮助人们减轻病痛，脱离痛苦，那种感觉奇妙极了。"

莱特岛战役还在继续，最血腥的一次，德斯蒙德身边的人全倒下了，只有他毫发无伤，仿佛得到了上天特别的眷顾。他想，也许是身体的疲累，加上神经的紧张，才使得他疲惫的大脑有这种想法。

但德斯蒙德依旧是凡人，还要面临种种考验。连队行进至山区后，昼夜温差大，白天酷暑难耐，夜晚寒风刺骨，让他感染了风寒，还发烧，整夜整夜的打寒颤，根本无法入睡。之前他还主动帮忙搬运烟雾弹，可现在，他参军后第一次在部队行进时掉队了。

"加油，道斯。"战友们鼓励他。甚至连根托中尉也很关切，但他和其他人还有自己的问题要解决。掉队是很危险的，因为部队行进的速度太快，根本来不及扫清沿途所有的狙击手。一路上，德斯蒙德跌跌撞撞，又冷又累，还不停干咳。他从没想到寒冷的夜晚竟然能把他折磨成这样。

长时间连续作战，使许多人都发生了奇妙的变化。德斯蒙德在307团服役期间，常常遇到一个名叫卡杰尔①的大兵。军营里的人来自各行各业，而他身上则具备了所有邪恶、丑陋的特质，典型的大城市贫民窟的产物，愤世嫉俗。在杰克逊堡的那个孤独的夜晚，当鞋子越过床铺向他飞来时，就是这个家伙首先冲他大吼大叫。同样是他，曾在靶场指责道斯偷懒，说："道斯，如果我们上了战场，只有一个人没有活下来，那肯定是你。"他不在意其他任何人任何事，只关心自己和物质享受。如果战场上哪里有威士忌、日本米酒或者当地酿的酒，他一定能够找得到。

莱特岛战局最糟糕的时候，德斯蒙德看到这位爱惹麻烦的老兵向他走来，暗自做好了挨骂的准备。可没想到他停了下来，双眼通红地看着德斯蒙德，生硬地说："道斯，为我祈祷吧。"那一瞬间德斯蒙德愣住了，不知该如何回应。转念一想，开口问：

"为什么来找我？我又不是牧师。"

"我已经去找过牧师了，他除了请我喝杯酒之外帮不了我。牧师的状态还不如我呢。但你是个虔诚的教徒。我时间不多了，请为我祈祷吧，道斯。"

---

① 化名。——作者注

“我会的，”医护兵答应道，“但你也要为你自己祈祷。”

“咱也不知道怎么弄啊。不过等回了国，我就去教堂做礼拜。”

德斯蒙德伸手抓住他的胳膊，说：“你不能等那么久！我们谁也打不了包票。你必须现在就开始。”

那人都快哭了：“道斯，你是这里唯一真正有信念的人。帮帮我。”

“这儿有很多人都信教。听着，主会帮助你活出自己，就像帮我那样的帮你。你要做的就是，万一到了离开的时候，做好见上帝的准备。”

“我试试，我试试。”这个大兵小声说，“谢谢你。”说完便转身向他的队伍吃力地走去。此后，德斯蒙德再也没见过他。

所有的战役都有结束的时候。307 团以成功夺取重要的利邦加奥三岔路为自己的莱特岛战役画上句号，这一决定性的胜利也结束了奥尔莫克战役，解放了菲律宾。鉴于他在此次重大战役中的英勇表现，德斯蒙德被推荐授予铜星勋章。

77 师转移到了休整区。当其他人吃的吃，喝的喝，玩的玩，游泳的游泳时，德斯蒙德·道斯一直在他跟詹姆斯·多里斯合用的帐篷里，没日没夜的睡觉，没完没了，连饭都不去吃，都是多里斯打包回来给他。就这样“懒”了两周后，他终于觉得自己再次充满了力量，满血回归。

能够度过这样一段时光是幸运的，因为最残酷的考验即将来临。

奥尔莫克，战役第二阶段末期，士兵们离开登陆艇，抢滩登陆。巧合的是，德斯蒙德·道斯（下图箭头所示）出现在图片中。(美国军方图片)

第六章
血战钢锯岭

“嘿，道斯，”一个新补充进来的士兵叫他，“你听说了吗？因为咱们已经参加了两场艰苦的战役，所以下场战役他们把咱们列为预备队的预备队了。怎么样，不错吧？”

德斯蒙德叹了口气。增补了这么多新兵——这其实就是一支新部队。他甚至不知道这个新兵叫什么。“对，听起来不错，”他回答，并没有说出他这个老兵真正的想法。“预备队的预备队”听上去不错，但它实际上却意味着情势万分危急时，77 师就该上场了，会被派到最残酷、最血腥的战场。通常就是这样。他们刚刚才打完莱特岛战役，现在又必须做好准备再次出征了。

德斯蒙德心中不禁泛起一丝苦涩。几个月前，上级批准他们去新喀里多尼亚休整，结果他们甚至连新喀里多尼亚的影子都没看到。他现在应该获得了一枚铜星勋章，可他也没见到。即使他真的得到了，也只能戴到自己脏兮兮的军装上。

坦恩上尉把帮助下属晋升视为己任。现在德斯蒙德已经是一名一等兵了。在部队服役将近三年后，他才从最底层晋升一级，基本薪金从每月 50 美元涨到了 54 美元。真了不起。

1945 年春，所有南太平洋战场上的美国士兵都深知，决战的时刻就要来临。随着美军不断向日本本土推进，日军的抵抗越来越疯狂。德斯蒙德清楚，无论接下来在哪里作战，对他，对 77 师都将是最严酷的挑战。

B 连和 1 营的其他连队一起离开了莱特岛的休整区，登上了美国军舰芒特雷尔号。这是连队第四次海上大调动了。德斯蒙德看了看周围，找到了一些熟悉的面孔——弗农上尉、根托中尉，当然还有菲利普斯和昂里斯 · 布里斯特中尉，他们已经参加了很多战斗。还有两个弗吉尼亚人，威廉 · 卡恩斯和刘易斯 · 布鲁克斯，他跟他们很熟。当然还有他的医护兵同伴吉姆 · 多里斯。其他一些军士，比如孔泽中士，被火线提拔为军官，到其他连队任职去了。一等兵、二等兵们都得到

了晋升。约瑟夫·波茨、查尔斯·埃杰特和克拉伦斯·奥康奈尔都已经是中士了。连里一向人缘最好的参谋中士约翰·马霍利克在战斗中一次次用实际行动征服了人们，成为部队里最受人尊敬的“名人”。

而消失的面孔更多，格伦、谢克特……德斯蒙德很快打断了自己的念头，这样很危险。舰队一路向北，直至日本本土似乎就要出现在海平面上。3 月 23 日傍晚，一座大岛出现在眼前。那就是冲绳岛，琉球群岛中最大的岛屿，与日本最南端的岛屿相距仅 500 英里多一点。众所周知，敌军最精锐部队就驻扎在那里，兵力众多、枪炮林立。

77 师的其他分队在冲绳岛周围的较小岛屿进行小规模作战。B 连虽没有下船，但却也没有闲着——日军投入了“神风特攻队”，一架架自杀式飞机不断向美军舰队发起进攻。芒特雷尔号曾在五分钟内击落 3 架日军飞机。就这样，芒特雷尔号载着“预备队的预备队”在冲绳沿海停泊了将近一个月，不时地回击“神风特攻队”的袭击。就在准备松口气的时候，307 团 1 营的士兵们接到命令，准备下船投入战斗。

“战况肯定很凶险，不然不会这个时候叫咱们上去。”有人推断。

“战况一向如此，”德斯蒙德回答，“不过我们一定没问题。”

上岸以后，他们很快听说了这场奇怪且悲壮的战争中更多血腥的细节。日军不知用了什么方式，说服当地人相信，美国人将会折磨屠杀他们。当看到美国士兵走近时，当地的母亲们会亲手割断孩子的喉咙后再割喉自尽。年轻的士兵们都惊呆了。岛上的居民全部陷入歇斯底里的疯狂中，自相残杀。

冲绳当地人把去世的人都埋在大的洞穴里，入口处有奇怪的华丽装饰。B 连向前线挺进的路上，在离作战区不远的一处停下来过夜。那里曾经发生过激战，随处可见击毁的坦克和坍塌的房屋。当士兵们挖单兵坑的时候，德斯蒙德注意到连队区域内有一个造型奇特的墓穴，于是他走了进去。里面阴暗潮湿，充满着浓浓的甜味。

洞穴的后部立着几副大大的棺材。德斯蒙德往一副棺材里看去，里面有一具骨架。德斯蒙德觉得日本人肯定不会到这里来，于是躺下来在墓穴里过夜。然而，暮色刚刚降临，他突然意识到自己犯了个愚蠢的错误。他独自一人，还没有武器，如果日本人进来了，他毫无招架之力。更糟糕的事，他现在也不能离开。如果晚上他从坟墓里爬出去，战友们肯定会开枪把他打成筛子。漫长的一夜，正如第二天可怜的他跟战友们说的那样，晚上他祷告的时间要比睡觉的时间长。

第二天士兵们动身之前，弗农上尉给大家说明了一下这里的地形。宿营地位于一个向南的小山脊上。美军已经把岛上的日军分割成了南北两部分，并且正在向南部挺进。那里地形险峻，多是悬崖峭壁，日军主力依托地形部署了许多防御工事和兵力。

越过一片碎石嶙峋的山谷，眼前拔地而起的是一片被称作“前田

高地”的褐色石崖，这就是钢锯岭，巨石覆盖的陡坡上面是大约 30 到 50 英尺高的悬崖。“前田高地”视野开阔，能够指挥冲绳岛的东西两岸。日军在高地上可以看到两边海上的美军动向，也可以兼顾身后数英里的区域。因此，这个高地必须拿下。

“山上和山那边，”弗农上尉对部下说，“敌人依托地势修建了复杂的碉堡、工事、炮位。为了拿下那座山，已经有两个师损失惨重。现在该我们上了。我们先上山，到达悬崖底部后，先研究一下，再制定计划。”

士兵们面面相觑。B 连曾经完成过不少危险的任务，但都远比不上这次。有人望向德斯蒙德。他尽力表现得冷静镇定。他知道自己对于保持士气的重要性。一个好的医护兵足以决定生死，而德斯蒙德·道斯已经无数次证明自己是一名优秀的医护兵。

凌晨，在黑暗的掩护下，B 连来到了悬崖底下的集结地域。这里由巨石堆叠而成，地势崎岖，缝隙密布，将很多山洞遮蔽了起来。在悬崖的保护下，连队的位置相当安全。

当天下午，根托中尉和波茨中士前去探查悬崖，决定部队从哪里登山。他们小心地爬到崖顶，低着身子往山那边窥视，发现了几座钢筋混凝土结构的碉堡和工事。然后，他们向营部申请了绳索、大量爆破装备和喷火器。第二天他们将要对高地发起进攻。

黎明时分，波茨和埃杰特带着两个班待命出发，德斯蒙德随行。他知道他们希望他能一起去。虽然很害怕，但他也很好奇。他把从日军那里缴获的一部望远镜挂在脖子上。如果高地上的视野真的那么好，他也想看看。

士兵们依次艰难地沿着悬崖向上爬。到崖顶后，保持匍匐姿势，收集零散的石头——上面到处都是石头——在离崖边几英尺的地方堆起一堵石墙当作掩护。他们把绳子的一头固定到一块巨石上，另一头沿着悬崖垂下去。另一个班沿着这条绳梯爬了上去，这样较之前就容易得多了。小分队登顶之后都弓着身子，减小自身目标面积，以免引来敌人轻武器火力攻击。德斯蒙德没什么事可做，有些局促地东张西望。当他望向北面的时候，顿时明白了此高地的军事意义。从这里，他能看到美军后方的所有行动，看到海上停泊的军舰和载有补给品的登陆艇。这时，一枚日军的炮弹在军舰周围爆炸，海面上升起一道水柱。他们成了敌人的活靶子。

轰！矮石墙的那边传来一声爆炸声。又一声！再一声！这一次是来自他们身后的崖底。德斯蒙德听到过这样的声音。

“掷弹筒！”他大喊，“是掷弹筒！”

掷弹筒可以以大射角发射，炮弹几乎垂直降落。那堵小石墙根本无法防御这样的迫击炮弹打击。日军正在调整角度，打中他们只是时

间问题。

“撤退！”命令传来，“撤到崖底去！”

弗农上尉下令撤退，并接到了第二天再次进攻的命令。A 连也要上到崖顶从左路进攻。营部送来了三张巨大的绳网——就是登陆时挂在舷侧的那种，绳网用一些木条连到了一起。

天刚蒙蒙亮，根托中尉把道斯叫了过去。“山地训练时你的绳结打得不错，”根托说，“帮我们把网挂上悬崖吧，怎么样？”

“是，长官。”道斯说。他跟其他几人一起，将绳子先系在腰带上，然后爬上悬崖，猫着腰把绳子的一端固定在大石头上，然后快速地把绳网拽上去。这样整个排可以一起爬上悬崖了。准备工作完成之后，德斯蒙德几人沿着绳网下到了崖底。

根托负责指挥，行动的主要目标是距崖边几码处的大碉堡。这一工事占据地形优势，日本人就是从那里发动危险的迫击炮火攻击的。根托召集了以波茨、埃杰特和奥康奈尔中士为首的十几名精悍的老兵组成突击小队。德斯蒙德也主动请缨。

“行动将会非常危险，道斯。”根托对他说，“你没必要去。”

“我觉得我该去，中尉。”德斯蒙德说，“他们可能会需要我。不过，中尉，出发之前我想提个小要求。”

“好吧，道斯，什么要求？”根托说。

“长官，我需要祷告。所以，请所有人先做祷告，然后再上绳网登悬崖。”

德斯蒙德原本的意思是每人都该在心中默默祷告，可根托把大家集合起来说，道斯要带领他们一起做祷告。德斯蒙德没想到要做一次正式的祷告，虽然没有准备，但他还是毫不迟疑地走上前去，说出了那一刻涌上心头的祷告词。

“慈爱的天父，”德斯蒙德祈祷道，“请您赐予我们的中尉聪明与智慧，以下达正确的命令，因我们的生命全由他负责。请赐予我们聪明与智慧，在战场上正确使用所有的防护，遵从您的意志，全部安全归来。同时，向您请求，若这里还有人没有做好准备侍奉主，那么在上悬崖之前的这段祷告已经让他们做好了准备。奉我主耶稣基督的名祷告。”

士兵们站在那里一动不动，那一瞬间仿佛时空静止，战争都暂停了。德斯蒙德确定，所有人都在祷告，包括那些从未做过祷告的人。然后，人人脸上都充满自信无畏的表情。他们向西面的 A 连示意准备开始进攻后，便攀上了崖底的绳网。就这样，敢死队员们和他们的医护兵一起，毫不迟疑地爬上了悬崖，翻过山顶，向敌军的碉堡挺进。

一千码外，协同作战的两辆美军坦克，向碉堡发射了大量炮弹，却基本没有效果。于是，根托召唤一等兵诺曼 · 布莱克带着巴祖卡火

箭筒赶来。布莱克发射了若干枚火箭弹后，将碉堡顶上炸出了一个大洞。在侧翼两名机枪手的火力掩护下，一人冲上前去把一个炸药包丢进了碉堡。工事中的木质结构露了出来，像是火柴一般。另一名士兵带着喷火器上前，用最大火力喷向了洞口。

碉堡里再也没有抵抗了，小队整体向前推进，只看到了一个大洞，四周坍塌下陷，掩埋了所有曾经的入口。

根托小队在碉堡上架起一挺轻机枪作掩护，翻越山顶，炸掉了周围的其他几座碉堡。现在，山那边的日军开始向前进的美军投掷手榴弹，美军先遣人员也同样用手榴弹反击。激战开始。

德斯蒙德蜷成一团，躲在石墙后面的一个小坑里。前方的人手榴弹用完了，呼叫补给。一箱手榴弹突然出现在崖边。

“给他们传过去。”背着手榴弹上来的人说。德斯蒙德伸头看了一下墙那边的情形。离他最近的战友在几英尺外。如果他爬回来，翻过小墙，取走手榴弹再爬回去，来回之间肯定会成为敌人的目标。他将有生命危险，前方的战友无手榴弹可用，也会有生命危险。

于是，德斯蒙德拿起手榴弹箱，递到了墙那边。这是他此生第一次，也是唯一一次碰触致命武器。

与此同时，A 连未能成功到达指定地域。5 名士兵刚刚爬上崖顶就立刻被日军射杀。

而B连的突击小队已经在高地上扫清了一大片区域。根托和德斯蒙德检查周围有没有需要照顾的伤员或是阵亡者，结果发现一个都没有。在如此激烈的战斗中，B连的小队竟然仅有一人受伤——奥康奈尔的手被一块飞石划破了。所有人都觉得这太令人难以置信了。

弗农上尉派三排上高地接替突击小队。德斯蒙德继续留了下来。他感觉会有人需要自己，事实也的确如此。一群人在日军的枪林弹雨中作战却无人重伤的神奇时间已经结束，仿佛德斯蒙德的祷告只有在某一特定时间段保护了某一些人。现在，那些人回到安全地带，时间段结束。“医护兵！”“医护兵！”一声声呼叫此起彼伏。德斯蒙德在山顶上匍匐着在伤员之间穿梭，处置伤口，并帮他们从崖边的绳网撤到崖底。

夜幕降临，却未带来安宁。日军的炮火更加猛烈。午夜，一大批日军士兵冲向高地的美军士兵，先是投掷手榴弹，接着便是短兵相接。美军被逼退下高地。同时，日军突然出现在崖底，都是从石头缝里钻出来的。B连这才意识到山体蜂窝状的结构一直延伸到他们的区域。敌人就在他们脚底下。

疯狂的一夜终于结束。黎明时分，德斯蒙德·道斯已经为包括波茨和埃杰特在内的18人处置了伤口。布里斯特中尉昏迷了。18人中4人阵亡。其中一人是刚刚补充来的连队救护员，晚上他爬出散兵坑拿

水壶时被一枪爆头。

天刚亮，弗农便命令部队再次前进，夺回前一晚丢失的阵地。德斯蒙德再次随行。进攻一个波次接着一个波次。一名中尉带领三人攻击某炮台，跑动中中尉抬手准备丢出手榴弹时中弹，手顿了一下，手榴弹爆炸了。他的手被炸飞，其他三人也受了伤。这一切就发生在道斯眼前。刹那间，这枪弹肆虐的山顶上就多了4名伤员需要他照顾。

他跪坐在四人中间。本来他身后的战友正在向日军的防线投掷手榴弹，见德斯蒙德停在中间，便相互嘱咐要谨慎，手榴弹攻势暂停了。日军开始探头向下查看，到底什么原因使美军中止了进攻。

“别停！”德斯蒙德向战友们大喊，“继续扔，别停！”

战友们继续投掷，无数手榴弹从他的头顶飞过，落到日军防线，日军被压制得抬不起头，他才有时间完成手头的工作。他首先要为中尉的断臂和其他伤口止血，再为其他三名伤员包扎。有两人还能动，德斯蒙德让他们自己爬回去，然后自己拽着中尉的领口，一次几英寸，一点一点往崖边拖去。另一名步兵跑过来帮助第四名伤员撤回到了己方防线。

过了一会，德斯蒙德蹲伏在山坡边上，看到一名战友正在攻击日军占领的一个洞口。他先是朝洞内开了几枪，然后拿出炸药包准备丢进去。炸药包正要离手，一发子弹击中了他。德斯蒙德甚至看到了他的好几颗牙齿飞了出去。

“掩护我!”德斯蒙德朝身后的几名步兵喊道。后者向山洞射击时，德斯蒙德跑到了伤员身边，撕开他的上衣，发现他的胸口有一个血洞，鲜血不停地向外涌。于是他把一大块纱布摁在了伤口上。士兵已经没有了意识，德斯蒙德还是架起他，将他的胳膊搭在了自己肩膀上。就这样，他一手紧抓伤员的胳膊，一手揽着伤员的腰，拖着伤员往己方防线跑，最终抵达了崖边。但是，这其实是一场无用功。那人已经死了。

“医护兵！医护兵!”又传来呼救声。德斯蒙德没有时间悲伤。左前方远处的山坡上，一枚炮弹在机枪炮台爆炸。德斯蒙德弓着身子以之字型赶往炮台。一人被炸得血肉横飞，只剩一只血淋淋的残臂还挂在机枪上。另一人的小腿被炸掉了，大腿已经开始肿胀。德斯蒙德用力包扎好，然后拖着他向着悬崖边最近的位置撤退，谁知途中一条深沟拦住了去路。沟的这边斜立着一架木梯子，于是德斯蒙德提起梯子横搭在沟上，刚好能够到对岸。

一个步枪手躲在弹坑里往这边看。“帮帮我!”德斯蒙德半命令半请求地对他说。士兵过来帮忙。德斯蒙德倒退着上了木梯，拽着伤员的头和双肩。士兵跟在后面，尽全力帮忙。梯子已经老化了，晃晃悠悠很不稳当，还有两处是用绳子固定的。三个人的重量把梯子压弯了，

嘎吱嘎吱直响，但德斯蒙德坚持向前，那个帮手则在后面跟着。终于，梯子挺了过来，伤员被安全转移。

一天天过去，战斗还在继续。晚上的情况一直很糟糕。高地上，日军持续炮火轰炸，不断悄悄渗透。崖底甚至更加危险。这一边，筋疲力尽的士兵们找个石头缝爬进去，堵住入口，沉沉入睡；另一边，就可能有日本兵悄悄地从缝后面的洞穴里出来割断他们的喉咙。

而更大的威胁是没完没了的迫击炮击。悬崖底部有些地方已经被风化，上方的突起形成绝佳的防护，再在前面堆一堆石头，就能增强防御能力。

一天晚上，德斯蒙德和 2 排一个步枪手共同在一个像是洞穴的掩体里过夜。他注意到石头缝后面有个大洞，但是似乎没有任何出入口。不过，二人还是决定轮流放哨，一人睡一人醒着，2 小时换一次。德斯蒙德先放哨，靠着洞的后部坐好。几分钟后，他听到了一阵窸窣声，接着有人低语。声音是从大洞里传来的——对方说的是日语！他叫醒了洞里的那个步枪手，轻声让他仔细听。

“啊——哈——”步枪手嘟囔了一句，翻身继续打着呼噜。德斯蒙德躺在那里，没有一丝睡意，紧张得连大气也不敢喘，听着几英尺外看不到的敌人发出的神秘声音。

该步枪手放哨了，德斯蒙德再次把他叫醒。五分钟后，步枪手又打起了呼噜。脚下又传来令人不安的沙沙声。

一整夜德斯蒙德都想让同伴接班放哨，他每次也都答应了，可维持不过两分钟就睡着了。

睡着的同伴身上有两枚手榴弹。只需一枚，丢进那个洞里，危险就会解除，德斯蒙德就能睡觉了。德斯蒙德确实想过把手榴弹丢进去，他差一点点就动了杀生的念头，但是最终还是放弃了这个想法。虽然事关自己的生死，但他还是不能违反第六条诫命。

于是德斯蒙德一夜没合眼，暗暗下定决心：如果天从人愿，他能够平安挨过去，他不会再在这个洞里过夜了，也不会跟这个人一起过夜了。

第二天晚上，他没有忘记自己下过的决心，与根托一起窝在设防的临时排指挥所里。天还没亮，德斯蒙德就听到了熟悉的呼叫声："医护兵！医护兵！"直觉告诉他发生了什么。

"你不用去，道斯。"根托中尉说，但德斯蒙德觉得自己别无选择。

"跟他们说，我要过去了，这样他们就不会误朝我开枪了。"他说。他在黑暗中一边摸索，一边用日本人模仿不了的山乡口音小声说着话，以免哪根紧张的手指扣动扳机。就这样，他走到了前一天晚上他睡的那个山洞。

里面有一名士兵。另一个躺在几英尺外。两人都被手榴弹炸得血

肉模糊。可能手榴弹就是他之前听到日本人声音的洞里扔出来的。德斯蒙德为二人包扎伤口，把身上带的大号绷带都用完了，在天亮的时候把他们送到了救护站。不过他感觉他们很难挺过去。

高地依旧使美军部队停滞不前。从师指挥部到五角大楼，高层都对这里日军的顽强抵抗格外关注。美国媒体也向大众宣传这里的严酷战斗，尤其是第一天战斗中无人重伤无人阵亡的纪录特别引人关注。这是史上绝无仅有的战例。根托带突击队上悬崖两三天后，一位通信兵摄影师来到连部采访。

“我觉得你们完成了一次特别出色的战斗任务，”摄影师说，“炸毁敌人十几座碉堡，自己人无人阵亡。”

“是的。”弗农上尉开始介绍周围的形势，摄影师目光停在了绳网上。

“我们会派人跟你一起上去，从上面拍摄一些照片。”弗农上尉主动提议。

“哦，不用，不用，”摄影师马上说，“我在下面这里拍照就行了。”

于是，德斯蒙德·道斯和吉姆·多里斯爬上绳网，站在悬崖边上，让摄影师拍了照片。

“上来吧。”德斯蒙德招呼道。天然的坡度和第一天搭的石墙能把他和多里斯完美地隐蔽起来。

但摄影师并未接受邀请。“上面没有我想要拍的什么东西。”他解释说。

白天全力以赴，枪林弹雨中与敌作战；晚上提心吊胆，提防可能随时随地冒出来的敌人，连续的精神高度紧张使大家饱受折磨，即使是经验丰富的老兵也开始胆怯了。环顾四周，人人面容憔悴，目光呆滞，双手抽搐。连队的一名高级军士找到德斯蒙德说：“我再也坚持不下去了。我的好运已经用光了。你就说我生病了，把我送回后方吧。”

道斯摇了摇头。他能理解对方心中的害怕，却不同意对方的做法。“你没生病，”他说，“也别再说这种话了。振作起来，你不会有事的。”

后来他听说那个军士又到处去找别人，说谁要是能朝他的腿或者胳膊开枪的话，他愿意付钱。

而另一边，一个下士真的病倒了。他是连里的老兵了，一向表现良好。他发起了高烧，腺体肿大。他的整个脖子都红肿了，碰一下都疼。他已经无法扭头了，必须转身才能往旁边看。这种情形令他无法在高地照顾自己，于是德斯蒙德把他送回了营部救护站。几小时后，下士又回来了。救护站的军医让他回来的，还说“放轻松”。

“在这里你怎么可能放轻松？”德斯蒙德问。他气不打一处来，说

道："你回救护站去，跟他们说是我说的，你的身体状况已经不适合在上面作战了。如果医生要亲自跟我确认，我就回去亲口对他说。总之，你别再回来了，明白了吗？"

下士又忍着红肿的脖子，沿着长长的绳网爬了下去，回到救护站。德斯蒙德看着他回去的。"他是个好兵，浑身上下没有一丝胆怯，"他气愤地说，"我不会让他们再把他派回这里送死的。"

尸横遍野。钢锯岭上，美日双方阵亡士兵的尸体都还在他们倒下的地方；悬崖下面，美军的阵亡士兵遗体已经被运走，却没人去管日军的尸体。有个日本军官成功潜入并杀掉两名美军士兵后被消灭。他的尸体现在趴在一块石头上，手里还抓着他的军刀。这把军刀在后方梯队或是海军的纪念品收藏者眼中可能价值100美元，可前线的士兵们却连看都不看一眼。

死亡不可避免地对人们产生影响，德斯蒙德每天对于失去战友的担心胜过对自己的担心。一天，他梦游般地往铁罐里倒了点汽油，用火柴点着后开始加热食物。突然感觉脸上湿湿的，就抬手抹了一下，这时他才发觉自己竟然哭了。然后注意到了自己刚点的小火苗。

"我在干什么？"他问自己，"我不饿啊！"

他意识到他必须振作起来，停止思念那些已经牺牲的朋友们——人数太多了——重新回归坚定的信念。

争夺钢锯岭的战斗还在持续，白天硝烟弥漫、血流成河，夜晚胆战心惊、惶惶不安。虽然美军已经基本消灭了山顶——大约一个足球场大的区域——上的敌人，但是山的另一面还散落着许多掩体，通向错综复杂的地下坑道。白天美军占领山顶，努力向前推进；晚上日本人便偷偷爬出坑道，重新占领山顶。

美军发现日军反斜面阵地上有一个重要的炮台，那其实是个进入地下坑道的入口之一。美军试图用迫击炮、火炮攻击，但由于山坡地势的保护，攻击无效。约翰·马霍利克中士——在重武器排颇有名气——靠近后投了一枚手榴弹进去，结果立刻被日军丢了出来。在火力掩护下，两名工程兵上前扔了一个炸药包进去，还没爆炸就被日军拔掉了导火索。

指挥部有人突发奇想，说可以用罐头做成一个沟槽，一直穿过山顶，从美军这边把汽油倒进沟槽，它会自动流向日本人的洞口，然后扔个手榴弹进去就可以引燃它了。但是设置沟槽太过繁琐，而且落差也不够大，汽油没法流动起来。日本人还是照常从那个洞口出现。

“即使把命豁出去，我也要把它给炸掉。”马霍利克中士说。他带着十名自告奋勇的士兵穿过高地，前进到山脊。在同伴的掩护下，他起身向洞口跑去，双手各拿着一枚手榴弹。

“呼呼呼”！无数子弹进入他的身体。他踉跄了几步，倒了下去。

洞口近在咫尺，可惜他躺在那里已没了动静。手榴弹借着惯性往前滚了一段后爆炸，没有造成任何伤害。

“马霍利克中弹了！”有人传消息给道斯，当时他正在钢锯岭顶上给一个伤员包扎伤口。尽管几乎可以确定马霍利克已经死亡，尽管德斯蒙德已经累得动弹不得，他还是毫不犹豫奔向马霍利克。他很清楚士兵们对于马霍利克的敬重。与他同班的一个士兵跟道斯一起前往，二人几乎就要爬到洞口边缘了。他们抓着马霍利克的双脚往山上拽，在一个弹坑里停下隐蔽起来。德斯蒙德在那里为约翰·马霍利克做了检查：他已经死了。从他的伤口推断，他中弹后立刻就断气了。

很快消息传回了连部，接着又由伤员们传回到营部：无数次冒着生命危险救助伤员的德斯蒙德·道斯又一次冒死带回一名已经阵亡的士兵。

那天下午，德斯蒙德返回营部救护站补充物资。坦恩上尉见到他就是一通厉声警告。

“我听说你又冒险去救一个死人？”他怒斥道，“这样下去你总有一天会挂掉。一个死了的医护兵对大家一点用都没有。如果再让我听说你干这样的蠢事，我马上就把你调回来。”

尽管如此，他的声音还是柔软的。德斯蒙德·道斯看着面前的上尉，仿佛他独自经历了一场苦战：面容憔悴、急躁易怒、双手颤抖，军装已经被血染得变了颜色，有被他从死亡线上救回来的人的血，也有自己的血——一块飞起的石块在他身上划了一道伤口。

天色渐暗。“你今天晚上就待在这里吧，道斯。”坦恩上尉对他说。

“哦，不行，上尉，我最好还是回到上面去。”德斯蒙德说。

“晚上待在这里，这是命令，”坦恩说，“得让你吃点东西，而且必须要让你睡会儿。晚上连你岗哨的任务都免了。”

晚饭过后，上尉把德斯蒙德带到了一个安静的山洞里。一条地下河从山洞下方经过，汩汩的水声令人放松。做完例行的晚间祷告后，德斯蒙德打开一副担架躺了上去。还没来得及欣赏四周的静谧和潺潺的水声，他便睡着了。

这是德斯蒙德上高地以后第一次睡一个整觉。早上醒来，他才意识到自己之前无论心理上还是生理上都要到极限了。

德斯蒙德离开救护站之前，担架手送来了其他连队的一名中尉。他很年轻，担心自己的部下在下一场战斗中会全军覆没。

“我必须回他们那，我必须回他们那！”他一直在喊，“听明白了吗？把我送回我的士兵那！”他的眼睛充血、鼻涕横流、面容扭曲，不停挣扎着想要从担架上下来，不过他的歇斯底里令他连动动胳膊都很困难。德斯蒙德最后看见他的时候，他正躺在那无助地流泪。

“我差一点也像那样了。”德斯蒙德心里想着，然后重新振作精神，

把内心的紧张压制了下去。

钢锯岭上又是惨烈的一天。多里斯受伤了，德斯蒙德成了连队里唯一的医护兵。晚上他和根托还有其他五名步枪手一起过夜，除了放哨的时候，他肯定能够休息会儿了。即使有敌人悄悄潜入营地，这样的火力也足够应付。他们在崖壁上找到了一块凹进去的地方，外面斜着一块平坦的岩石。他们把炸过的迫击炮弹壳装上石子，堆在一起封上了一边，另一边则用石头搭了堵胸墙。

德斯蒙德第一个放哨。附近的迫击炮班正在朝日军开火，阻止日军在钢锯岭顶上活动。“轰轰轰”几声闷响后，他听到了一声不同的爆炸声：是手榴弹。德斯蒙德看到，在天空的映衬下，一个日本兵就站在胸墙外面。

“中尉!”他低声说，给根托指了指外面的日本兵。

“干掉他。”根托说。但是光线这么暗，想要从胸墙上的小孔里打中目标并不容易，几枪都没打中，却被日本兵发现了枪口的火光。他开始往这边投掷手榴弹，扔进来只是时间问题，这样下去，他们七个困在里面迟早得玩完。德斯蒙德意识到这一次死亡可能是不可避免的了。

根托把自己的背包落在了洞外面，里面有两枚白磷榴弹。日本兵又扔出一枚手榴弹，正好落在背包上。不知为何，白磷榴弹没有爆炸，只是开始燃烧，产生了大量的白烟，又正好被风吹向了日本兵的方向。对方可忍受不了那烟雾。

“咱们出去!”根托大叫。他们依次从胸墙上方的小口钻出去。德斯蒙德身上的救护包卡在了洞口，便让大家先走。待他好不容易挣脱的时候，刚才的滚滚白烟已经差不多消散了。

黑暗中，他跌跌撞撞地紧跟在根托后面。突然，前面中尉的影子变成了两个。那名日本兵拦住了他的去路。二人扭打在一起。德斯蒙德朝二人扑了过去，却被抛了出去。根托徒手解决了那个日本兵。德斯蒙德感觉自己在往下坠，越过了矮墙的边缘，随着装备一起重重地摔在了地上。他的左腿传来一阵剧痛，再也无法支持他的重量了。

但他不能待在这里。不远处就是弹药库，他已经看见了外面的哨兵。于是他拖着伤腿，一边低声用嘶哑的嗓音表明自己的身份，一边爬向弹药库，找了个小坑躲了进去。黑暗中他用手指摸了摸腿上的伤，发现流了好多血，便用绷带止了血。他什么也干不了了，于是开始睡觉。

天亮了。德斯蒙德知道自己应该撤离，回到营部救护站治疗自己的腿伤。如果伤腿令他无法接近伤员，那他在这里就帮不了别人。可他还不能走。他是这里唯一的医护兵，不只B连，钢锯岭上的几个连队就剩他一个医护兵了。一条腿的医护兵总比没有医护兵强。

这天是5月5日，星期六，安息日。吃过早饭，他从包里掏出《圣经》和一个选读小册子，背靠着一块石头坐了下来。只有这么片刻的时光，他任由自己的思绪漂向远离战争硝烟的家乡，想着多萝西、父母和朋友们正在教堂里度过安宁的安息日。他并不嫉妒他们。他深知，自己身在这个炼狱般的战场上，是在尽自己应尽的责任，只有这样，他的亲友们，甚至所有美国人民才能享有自由的权利。

“山上的情况怎么样？”声音来自一位站在他身前的上校。尽管腿受伤，德斯蒙德还是挣扎着想要站起来，但上校让他坐着不用起身。

“今天早上我没上去过，长官。”德斯蒙德说，“那边就是我们的连部，您可以去问他们！”

上校点了点头，说：“我想看看我们的炮兵状况如何。”说着向绳网走去。

几分钟过去了。这时，悬崖顶上传来了熟悉的呼叫声：“医护兵！医护兵！”

德斯蒙德抬头看看叫他的士兵。今天是安息日，他还有一条伤腿。不过，他还是回答道：“怎么了？”

“是上校，就是那个炮兵观察员，受了重伤。”士兵大声对他说。

德斯蒙德不假思索地抓起他的急救包，跳起来就往悬崖跑去。可重心刚放到伤腿上，腿一软，他就重重地摔倒在地。有人过来扶他起来。

“哦，上帝，帮帮我吧。”德斯蒙德默念。他再次用伤腿着地，站住了。一步，两步，他发现原本青肿疼痛的伤腿居然一点也不疼了。他双肩各背一个急救包，由绳网爬上崖顶，小心翼翼地前往受伤的上校所在的弹坑。

山上，子弹“嗖嗖”地从他头顶飞过，轰隆隆的炮声此起彼伏。他根本没有在意。现在他已经习惯了死亡的声音。他到了那个弹坑，找到了受伤昏迷的上校。一枚弹片击中他的胳膊，进而击穿了他的前胸后背，大量失血，呼吸都是通过胸前的大洞。德斯蒙德朝离他最近的士兵高喊说，传话回去他需要血浆，而且要快。他把身上最大的纱布、绷带绑到了上校胸前和后背的两个大洞上，不让血液喷涌出来，阻止胸腔漏气。

他完成包扎工作时，一个士兵滑进了他所在的弹坑——他带来了血浆。德斯蒙德将输血针头插入了上校的胳膊。为了让血浆能够从袋子流进静脉，必须把血浆举高，这无疑是要将他暴露在山那边的敌人眼前。德斯蒙德跪在那里，一动不动地高举血浆，使之慢慢流进上校的血管，感觉就像是赤身裸体立在人前。身后，战友们一边大喊着让他趴下，一边向对面开火，为他提供掩护。

又一人带着担架滑了进来。德斯蒙德举着血袋，其他二人打开担

架，把伤员抬上去后，三人抬着上校一起向悬崖边行进，一路弯着腰小跑，过程却并不顺利。伤口的绷带滑落，血再次涌了出来，德斯蒙德又把绷带系紧。输血针头从静脉里跑了出来，德斯蒙德试着再扎进去，可是血管瘪了，他试了几次也没成功。于是他传话给救护站，上校伤势严重，他需要帮助。坦恩上尉和豪厄尔中士赶了过来，却都无法将针头扎进血管。

“我觉得最好把他送到医院去，”坦恩说，“留在这里我们救不了他。”

四人抬起担架往救护站跑去。到那之前上校就断气了。

美军和日军之间残酷的拉锯战还在继续着。这一次是弗农上尉指挥。

“道斯，”上尉说，“我们接到命令，要不惜一切代价，拿下山那边的那座碉堡，菲利普斯中尉负责指挥。我知道今天是安息日，你不是必须参加这次行动。但是大家都希望你能和他们一起去，我也希望你能去。”

“我去，上尉。”道斯毫不犹豫地回答。

弗农张了张嘴，想说点什么，又把话咽了回去。他认真地端详着眼前这位他连队的医护兵。道斯的军装变色变硬，上面都是他救回的或是努力想救回的战友的血。因为疲惫，他双眼眼眶深陷。弗农知道，他的腿受了重伤，但他依然顶着炮火去救助伤员。弗农已经数不清自从这场艰难的战争开始后，道斯一共救了多少人。

弗农点了点头。“我们等你。”

弗农上尉并没有告诉他的医护兵，从第 10 集团军到军、师、团、营，各级都向 B 连下达了有关这次特殊行动的命令。美军在冲绳岛投入了好几个师的兵力，战线长达几英里，而此地位置特殊，日军的顽强抵抗拖住了整个美军向前推进的步伐。钢锯岭上的日军能够控制高地两侧的所有地区。不夸张地说，这次任务的成败将决定冲绳岛战役的成败。

而为了让这位疲惫的基督复临安息日会教徒祈祷完，弗农上尉推迟了行动。

德斯蒙德并不知道自己耽搁了战争的进程，他低头用祷告结束了仪式。然后他站了起来，那条伤腿竟然再次奇迹般地支撑着他。“我准备好了，上尉。”

整个 1 营都会参加此次攻击行动，而 B 连是先锋部队。为了冲绳岛战役，连队增至 200 多人，然而在钢锯岭作战一周后，人数已经减至 155 人。

这场战役的惨烈程度大大超出了美军的预期，令美军高层和情报专家大跌眼镜。没人知道，这一日也是日军的整体作战计划的关键。

以往的岛屿作战中，日军在滩头阵地就开始阻击美军，而这一次日军调整了作战策略，美军六个师的兵力在冲绳岛登陆，竟然几乎没有遭遇任何抵抗。待美军完成登陆后，日军会出动大量的自杀式飞机袭击美军战舰，切断补给线，从而使美军登陆部队孤立无援。

战略的第二步就是清除登陆部队。地点选好了：岛上组织反击的最佳地点，前田高地这一线。时间就是这天，5 月 5 日。

计划的第一步已经失败了。自杀式飞机除了造成零星袭扰之外并没有产生明显效果，尽管如此，第二阶段——组织反击——仍然要按计划进行。

美日两军的最高指挥部相隔万里，却不约而同选择了在同一天发动攻击，交锋地点就是这片高地。当日本人还在洞窟里等待决战时刻到来的时候，美军已经开始行动。77 师担任主攻，307 团 1 营 B 连是其尖刀连，而菲利普斯中尉带领的精心挑选的 5 名志愿者就是刀上的利刃。他们的任务是夺取敌军位于反斜面阵地的大碉堡。

在后方的强火力掩护下，六人小队穿过山顶，每人携带一个 5 加仑的汽油罐，向山坡下的大碉堡爬去。接到菲利普斯的示意后，他们打开盖子，把汽油罐扔进了碉堡，过了一会儿，菲利普斯又丢进去一枚白磷榴弹。片刻的安静过后，传来了巨大的轰隆声，整座山都在震动。

菲利普斯等人也惊呆了，面面相觑。眼前的一切远远超过他们的预想。显然，洞窟深处的弹药库被引爆了。又过了一会儿，从后方远山上以及天空飞机上都能看到一个奇怪的景象：山顶、山坡上无数的洞口和石头缝里都冒起了缕缕白烟。

大量日本士兵从这些洞口蜂拥而出，有的甚至直接出现在美军身边。他们冲着，喊着，朝美军射击，扔手榴弹。这次反击日军孤注一掷，令德斯蒙德想起了当年捅马蜂窝后看到的情景。就这样，美军与日本兵正面相遇。战斗开始之前，弗农把全连的人全带上了高地，而此时被前后夹击，日军的兵力火力都占压倒性的绝对优势。

起初，美军还是有序的撤退，但很快士兵们陷入恐慌。为了保持撤退的阵形，军官们、军士们连吼带吓，甚至有人举枪指向自己人，吓唬他们若是逃跑便会开枪。然而恐惧席卷了整个山顶，整个营的士兵，或者说现在山上还活着的士兵，都朝悬崖跑去。那些中枪或是被炸伤的人，无论生死，都已无人顾及。

当所有人疯狂逃散的时候，1 营唯一的医护兵德斯蒙德 · 道斯还在尽职地穿梭在伤员之间。他太忙了，根本无暇考虑自己的安全，甚至无暇顾及山顶日军的枪弹炮火。以前上帝曾眷顾他，现在难道会不再眷顾他？受训成为一名医护兵以来，德斯蒙德 · 道斯曾参加过上百次行动，他深信，在救助战友时，上帝会一直眷顾着他。因此，他镇定

地继续履行他的职责，救护伤员。弥漫着死亡和恐惧的山顶上，他是唯一没有发疯的人。

有人看到道斯还在尽职救人，不由得羞愧地停下了向后方逃跑的脚步，帮他照顾伤员，帮忙把伤员送下悬崖。然而接下来的几个小时，德斯蒙德觉得高地上，只有他独自一人，冒着敌人的炮火救护伤员，把他们拖到悬崖边，然后再回去救其他伤员。

那些自己从绳网下到崖底的士兵都虚脱地瘫在地上，气喘吁吁，惊魂未定。就这样不知过了多久，有人偶尔抬头望了一眼悬崖上，看到德斯蒙德·道斯独自站在悬崖边。接着，崖底的士兵们看到一副担架带着一名伤员慢慢地沿着崖壁下降。德斯蒙德将伤员绑到了担架上，然后拽着绳索绕过半截树桩，慢慢放绳使担架下降。离地还有几英尺高时，固定伤员的绳子松了，昏迷的伤员眼看就要摔下来时，几名士兵冲了过去，接住了担架。

“把他解下来!”道斯从上面向下面的人喊，“上面还有伤员。先把他直接送到救护站。不要耽搁！他的情况很糟。”

底下的人把担架解下来，抬走了伤员，然后准备将担架再绑回去，但德斯蒙德阻止了他们。

“我不要它了，”他说。他看到刚才那名伤员差点从担架上摔下去，不知为何，混乱里一个记忆中的情景浮现在眼前。他记得在西弗吉尼亚进行登山训练时他曾用双股绳打单套结。于是他把绳子末端对折后再打单套结，这样就有了两个绳圈，不会再打滑了。

悬崖边躺满了伤员，有清醒的、有昏迷的。德斯蒙德首先选了一名看上去伤得最重的，将对方的两条腿分别套进他打的绳结的两个绳圈里，然后将绳子绕过伤员的胸部再打一个单套结。接下来，他拽着绳索的另一端，将伤员翻过崖边，依靠绳子绕过树桩时的摩擦力作“刹车”，缓缓将其送到崖底。

“他伤得很重，”他喊道，“快送他去救护站，要快！”

就这样，作为山顶上仅存的健全的美国士兵，德斯蒙德独自将一个又一个伤员送到崖底安全地带接受治疗。一方面，倾斜的地势和那堵石墙给他提供了一部分保护，但在送伤员下降的复杂过程中，他经常需要保持站立姿势，头部和双肩经常暴露在日军的枪炮威胁之下。

为什么日本人在将美军赶回山下后没有继续追击？只有日本人自己知道。或许地下的爆炸给日军造成了大量人员的伤亡，使其无力再计划组织反击。或许弗农呼叫的火炮、迫击炮火力支援产生了效果。

无论如何，直至将所有伤员都转移到了安全地带，德斯蒙德才撤回到崖底。当时没有人数过到底一共救了多少人。直到战争结束，德斯蒙德的惊人之举才真正震撼了目击者的心灵，才有人开始估算人数。弗农上尉和根托中尉回忆，那次并不成功的进攻行动共有 155 人参加，

只有 55 人自行沿绳网到达崖底。他们认为差额——100 人——就是德斯蒙德所救伤员的总数。

而德斯蒙德反对道，“不可能超过 50 人。再多，我根本不可能处理得了。”官方最后的记录数字是 75 人。

日军的这次反击虽然恐怖至极，却也使其付出了极大的代价，成为其在高地上的最后一次行动。日军没有继续追击美军，美军则返回山上，而且这一次成功占领高地。第二日，B 连余部被其他连队换了下来。道斯随连队一起撤回来时，他已精疲力竭，几近虚脱。

迎接他的又是坦恩上尉和豪厄尔中士。看见德斯蒙德的军装，坦恩惊呆了：衣服已经完全变硬了，风干的血渍把衣服染成了棕色，还趴着许多苍蝇。

“我们给你找件新军装。”他承诺说。

即使在冲绳岛这样残酷的战斗中，陆军一般也不带新军装这样的“奢侈品”，补给船的空间都用于装载弹药、食品这样的重要物资了。不过，他们还是为这名在一次行动中救回 75 人的医护兵找到了一套崭新的军装。德斯蒙德去给养库领回了军装，彻底清洗了浑身上下，刮了胡子，这才穿上新军装。即使穿上礼服，也不会比此刻的他更加令人瞩目。一位军方摄影师跑了过来，为这位身着新军装的医护兵拍了张照片。

77 师师长布鲁斯少将听说了德斯蒙德的英勇事迹后，想要当面跟他谈话，于是亲自到营部救护站见他。那时德斯蒙德正好刚领到新军装。

次日，德斯蒙德收到了一份更大的礼物——一个从美国寄来的巨大的包裹。多年来，德斯蒙德一直向他所在的教会长期捐款。莱特岛战役后，德斯蒙德又寄去一笔捐款。在附上的信中，他向教会提出请求，希望能给他寄一些书来，发给连队的其他人。

现在书寄到了。打开包裹，把书发给连队的战友们，德斯蒙德兴奋极了。书的数量刚刚好，连里人手一本后，还剩一本。最大的一本书《善恶之争》可能是基督复临安息日会书籍中最著名的一卷。德斯蒙德把它放在了连队的野战桌上，供全连翻阅。

就这样，高地上的战斗结束了。有传言说，除了莱特岛战役后他获得的铜星勋章外，他还会再得另外一枚勋章。军官们想推荐他赢得两枚紫心勋章，一枚为了飞石的割伤，另一枚为了腿伤。尽管后来德斯蒙德被授予多枚紫心勋章，但他说一枚足以奖励他在两次行动中的表现。

比奖章更重要的是，他能够照顾他所爱的人，并把他们送回到家人身边。

冲绳前田高地 B 连第一次发动攻击的地点，道斯也是从这里绳降伤员。这张照片是发动第一次进攻两天后拍摄的。照片中能看到绳网和后来用作绳降伤员的绳索。德斯蒙德站在崖顶，他右上一点的位置——正好在图片外——就是他将绳索绕过的那棵树。下方的携行箱放置在一堵徒手搭建的石头防护墙上。携行箱上方是许多钟乳石状结构，和道斯跟那个睡着的士兵一起过夜的山洞结构类似。

这副日军的梯子被绑紧加固后架在深沟上方，一名伤员经由此梯转移至安全地带。梯子后的黑色区域是一个山洞。冲绳岛的这部分地区到处都是这样的洞窟。

第七章
最后一次夜袭

仅仅休息了两周，B 连就重新投入了战斗。此时的队伍补充了 93 名轮换过来的战士，几个受过轻伤或休克的老兵也已康复归队。少数几个人从一开始就参加了行动，他们满以为自己算是见过了大阵仗，可是又接到了一个全新的行动任务。

连长弗农率领包括德斯蒙德在内的精锐队员，来到一座名叫“巧克力豆”的小山包上，此地距离高地大约一两英里。他指向下一座山包，那将是他们的目标。弗农的手指顺着山谷中的一排杆子移动着，那些杆子上的电线正是通向目标所在地。有些杆子已经被撞倒了。

“我们要沿着那些杆子前进。”他说道，“有个东西引路总是好的，因为这将是一次夜袭。日本人在整个战争中都在搞夜袭。这次我们要以牙还牙，让他们也尝尝这种滋味。我们凌晨2：30出发，黎明之前打下那个阵地。”

和之前一样，天气阴沉沉的，偶尔落点小雨。这天晚上不会有月亮了。为了确保每个人都能跟上前面的步伐，德斯蒙德给大家分发了小块的纱布，贴在每个人的背包上。他希望这个白色的方块在黑暗中可以看得见。

根托中尉在夺取高地的战斗中因为肺炎病倒了，一个年轻的军官取代了他的位置。大伙在一片漆黑中出发了，连前面那人背上的白块都看不见，心底不禁一阵发凉，觉得这次任务肯定凶多吉少。但是弗农连长领导有方，连那些刚认识他没几天的新人都服服帖帖地跟在后面，只是偶尔嘟哝几句而已。

他们以三人一列的队形穿过炮火肆虐过的区域。背上的白块也已经漆黑一片，不复可见。有几个人在行进中走丢了，于是向后面传下话去，让大家紧跟上前面的人。偶尔会有照明弹射上天空，耀眼的白光将山谷照得通亮。每个人都双手掩面卧倒在地，这样就不会露出显眼的白色了。

大家不准发出任何声响。步枪卸了弹夹，装上了刺刀。途中遭遇

了一个日本兵，弗农发出命令，让手下一个军官给卡宾枪装了一颗子弹，并开了枪。

不久，他们再也找不到那些矗立的电力设施所提供的路线。军官们不得不随时停下来查看罗盘，招呼手下的战士跟上步伐，重整队形。但是即便如此，在他们接近目标的时候，各排还是走散了。大家心中都没底，有些人甚至一直在怀疑，他们战斗的对象是另一个排而不是放弃阵地的日本人。他们不再指望能发动突袭。日本人开始投掷手榴弹，两个人当场被炸死，其他人立即寻找掩护。

德斯蒙德凭着感觉而不是眼睛知道，连队已经通过了一个小山脊，接着往坡下走。这时战斗打响了。他和两名步兵跌跌撞撞下到一个弹坑里，停了下来。其中一个人抓住德斯蒙德的胳膊，用嘶哑的声音低声喊道："你看！"

一个日本兵的身影模模糊糊出现在地平线上。他在行进着。德斯蒙德看到一颗手榴弹径直朝着弹坑飞了过来，引信发出噼啪的声音。它刚好落在了他的脚边。另外两个人待在弹坑的另一侧。

德斯蒙德就像一个农家男孩接近一头尥蹶子的驴那样，立刻本能地用脚踢向手榴弹。刹那间，它就爆炸了。他感到了一阵冲击。这冲击没有伤到他，但是让他失去了知觉。他感觉自己头上脚下地在空中飞行，完全透不过气来。他晃了晃脑袋，睁开了双眼。他还活着。本来和他待在一起的两个人已经跳出了弹坑，但是那个日本兵还在那儿。又一颗手榴弹噼噼啪啪穿过夜色飞了过来，不过扔偏了。德斯蒙德无暇考虑伤情有多重，赶紧爬出了那个弹坑。他在低矮的树丛中一边爬行一边轻声呼喊："我是道斯，我负伤了。"没有人回答。他不停地爬着，直到爬出了手榴弹的攻击范围。

他听到很远的地方有人在说连队撤退了。他拖着左腿，开始往山上爬去。从髋部到脚趾，整条腿发出阵阵疼痛。他用手顺着大腿往下，一直摸到小腿肚。全都是血，湿漉漉的。他意识到自己失了很多血，而且血还在流。但是他要撤回去，料理一下自己，不能中途就这么停下来。他感觉自己快晕过去了。

失血休克时你会怎么做？你要把病人的脚抬高。德斯蒙德依此行事，蠕动着身体，让头部朝向山下。他保持着这个姿势，直到血液流向大脑，让他重新恢复了意识。他开始顽强地向山上爬去，等再次感到眩晕，便掉转身，头朝山下躺着。

终于，他到达了山顶，然后开始向另一侧山下前进。第一缕曙光开始出现了。他来到了一个弹坑前。

"谁在那儿？"一个声音轻声问道。

"是我，道斯。"

"我正要找你呢。"那个士兵说道，"我肩部被打中了。"

德斯蒙德在微弱的光线中帮这个人处理好伤口，然后开始检查自己的身体。他把手伸进裤腿里，摸到了已经干结的血块，像石子一样。他掏出了一大把血块，但是无法把整条裤腿掏干净，便把裤子拽了下来。他向下抚摸着自己的左腿。鲜血从他臀部的洞眼里涌了出来，一直流到脚踝。他能感觉到有金属碎片嵌在肉里。他尽力将自己包扎好。

他知道自己不能再爬下去了，便索性待在坑里，直到天亮。起码现在有个伴了。弹坑比较浅，他把那个士兵的工兵铲借过来，想要把坑挖深一点。土太硬了，他只好放弃。随后他又晕了过去，双脚还伸在坑外。等他再次睁开双眼，已经是白天了。他向四周打量了一下，首先看到的是一颗巨大的炮弹。它还没有爆炸，距他的头部只有几寸之遥。他曾用工兵铲在它边上挖土，万一碰上它……这个念头让他完全清醒了过来。

那个肩部受伤的战士也晕过去了，但是道斯想办法让他苏醒了过来。他们决定待在原地，期望有担架兵能发现他们。此刻，道斯的伤口特别疼。他拿出一支吗啡针管，并教那个士兵如何使用。但是那个士兵有点晕针，把大部分吗啡都喷到他的袖子上了。德斯蒙德最终还是自己完成了注射。

连队开始再一次重整队形。德斯蒙德听到有人在喊，弗农连长受伤了。他大声回应着，并艰难地朝那个方向挪去。但是弗农却来到了他的身边。鲜血从这位连长的嘴里流了出来，滴在下巴上。一块手榴弹弹片击穿了他的嘴唇，又击穿了他的面颊。

“您得撤回去，连长。”道斯说道。

弗农连长轻笑了一声。“我要跟我的弟兄们一起留在这儿，道斯。”他透过破碎的嘴唇说道。德斯蒙德知道多说无用，便尽可能小心地帮他把伤口包扎好。

“我们的炮兵今天早晨要对这片区域展开一轮炮击。”弗农说道，“我们要传消息回去，阻止他们。”

但是通信中断了。连队的电台被打中了。通信兵都被派了出去，其中一个人找到了另一个单位，他们的电台还能用，于是将消息发给了司令部，取消了炮击。

炮击期间没有担架兵能来到这里，不过幸运的是，炮击一取消最终担架兵还是来了。其中一个名叫拉尔夫·贝克尔的跟道斯很熟。他当即接手，很快便将他这个同属医护兵的朋友送上了回营部救护站的路。

在这又湿又热的天气里，他们要长途跋涉，穿越一片危险的区域。德斯蒙德时而清醒，时而迷糊。他在一阵巨大的震动中惊醒过来。炮弹穿过树林炸了过来，敌人的坦克正朝着他们的方向开火。四个担架兵卧倒在地上，德斯蒙德也随着他们一起摔在地上。伤口钻心地疼，让他完全恢复了知觉。他朝四周看了看。不到十英尺的地方，躺着一

个受伤的美国士兵。他满头是血，不过还有呼吸。德斯蒙德立刻意识到，这个人所受的伤比他的伤更严重。

炮火平息下来之后，四个担架兵准备继续前进，德斯蒙德从担架上滚了下来。“这个人头部中弹。”他说道，“你们还是抬上他吧。”

贝克尔和另外三个人说什么也不答应。德斯蒙德是他们的朋友啊。“我们从一开始救的就是你，道斯。”贝克尔说道，“我们要把你平安地送回去。”

“不用的。”道斯坚持道，“你们也知道，头部受伤的应该优先。你们把他抬回去。我还可以坚持很久，可谁都不知道这家伙还能坚持多长时间。”

他最终说服了他们。他们把那个昏迷的士兵搬上担架，将德斯蒙德一个人留了下来。但是，很快就有另一个人沿着这条路走了过来。道斯立刻就认出了他。他叫刘易斯·布鲁克斯，来自里士满。他也中弹了，但是还能行走。他主动过来尽力帮助道斯。道斯爬了起来，将左胳膊搭在布鲁克斯的脖子上。布鲁克斯用一只胳膊拦腰扶住他。他们踉踉跄跄地穿过满目疮痍的战场，朝着救护站走去。

忽然，有什么东西打中了德斯蒙德搭在布鲁克斯脖子上的那只胳膊，就像一记锤击。随后他就听到了一声枪响。狙击手！子弹击穿了德斯蒙德的前臂，之后又钻进了他的上臂。他知道，它同时击碎了肘部上方和下方的骨头。但如果不是因为胳膊的阻挡，子弹就打中布鲁克斯的胸部或咽喉了。两个人都倒在了地上。他们发现了一处弹坑，便蠕动着靠了过去。德斯蒙德必须将胳膊固定住，防止它松耷下来。在一条腿和两只胳膊都无法派上用场的情况下，要想匍匐前进可不容易。

“我们该怎么办呢?”布鲁克斯不知所措，“没有医护兵来帮你啊。”

“你就是我需要的医护兵。”

“谁？我吗?”布鲁克斯问道，“我能做什么呢?”

“我会教你。把你的枪托卸下来给我。”

布鲁克斯把枪托取了下来，将枪管扔在一边。德斯蒙德把医疗包落在一座山包上了，但是他的野战夹克还带在身边。他把它递给布鲁克斯。“拿着，把枪托包在里面。现在看看能不能从我的衬衣上撕几条布下来，把我的胳膊跟它绑在一起，然后一起固定在我身体的一侧。”

布鲁克斯躺在弹坑里完成了这一切。然后他们又出发了。他们只能盼着狙击手已经走了。德斯蒙德的几处伤口现在疼得几乎无法忍受。他每次迈步，腿部和臀部的弹片（总共有 17 片）都会割到他的肉，跟骨头发生摩擦。他还会因为失血而休克。

“我没法再走了。”他突然对布鲁克斯说。

“你想坐下吗？”布鲁克斯问道。

德斯蒙德想了会儿。拿什么坐呢？这稀巴烂的屁股吗？“不用了。”他说道。

“要不躺下来？”布鲁克斯问道。

德斯蒙德只是摇摇头。周遭越来越黑。他感觉自己慢慢地瘫了下去。

第八章
绝境重生

“下士，”身后有个声音在叫他，“道斯下士。”

德斯蒙德一惊，从回忆中回过神来。医院窗户的外面，他深爱的弗吉尼亚乡间此刻秋意渐浓，万物染上了或金黄、或橙红的色彩。

德斯蒙德转过身，挣扎着要立正站好。站在面前的是医院院长哈克特·康纳上校。他的脸上带着亲切的微笑，怎么也不像个上校。

“你别动，下士！”他边说边扶德斯蒙德坐下，“你的晋升命令下来了，我想还是亲自来告诉你比较好。”

“谢谢您，长官！”德斯蒙德回答道。尽管上校的语气非常柔和，

德斯蒙德还是没法彻底放松下来。他仍然不敢相信自己真的活着回了家，平平安安的，离自己的亲人那么近，而且战争也结束了。过去的几个月，他一直生活在美梦与噩梦交替的世界里。战争持续了太久，太久……

他在营部的救护站苏醒过来。他们给他打了一针超大剂量的吗啡，他便又迷糊了过去。后来，他发现自己在一个远离前线的战地医院的手术台上。他的屁股以及医生们正在摆弄的断臂疼痛难忍。

"我坐不起来，"他低声说道，"太疼了。"

"你必须坐起来，只有这样我们才能给你打上石膏。"其中一个医生跟他说。

"我不想坐。"德斯蒙德嘟哝着。他感觉自己又要慢慢失去知觉。突然，一阵刺鼻的气味钻进他的鼻子，他的脑袋立刻清醒了过来。原来是有人将一颗氨胶囊掰碎，放到了他的鼻子底下。

"你可别睡过去啊。"有人跟他说。

医生和他们的助手一边用氨味刺激他，一边跟他说话，好让他保持清醒。他们给他的整个上半身都打上了石膏。石膏模使他的胳膊保持跟地面平行的姿势，不过肘部是弯曲着的。在石膏变硬之后，他们总算让他不用再坐在自己那稀巴烂的屁股上。然后他们又给他注射了乙醚，对他进行麻醉，最后才开始从他的腿上取出大大小小的弹片。

后来，他乘坐一辆救护车，沿着冲绳岛上的一条路颠簸着来到一个港口，有一艘医疗船已经等在那儿。他从腰部到脖子都被封在一个巨大而笨拙的石膏模中，伤痕累累的腿部缠满了绷带，身体的其余部分全部赤裸，裹着一条军毯。

他的《圣经》！多萝西给的那本《圣经》哪儿去了？他用没受伤的那只手摸了摸，它不在那儿了。

到了码头，他把救护车驾驶员叫了过来。“我的《圣经》，”他喘着气说道，“我的《圣经》丢了！”

“没事儿，”驾驶员安慰他道，“到了船上他们会给你找一本的。”

“不，不要！”德斯蒙德近乎歇斯底里地叫了起来，“我只要我自己的《圣经》，我妻子给我的那本。”他坚持要驾驶员帮他捎话给他在营部救护站的朋友们，请他们帮忙寻找他的《圣经》，那本里面夹有多萝西的信的《圣经》。此时的他情绪激动，根本意识不到找到它的机会有多渺茫。你总不能让战争停止下来，好去丛林中寻找一本《圣经》吧！

他的身体在一点点复原。他的腿伤开始愈合，不过要正常走路还要再等些日子。石膏模让德斯蒙德极不舒服，但是他知道自己能够忍受，因为很快就要回家了。

医疗船将他带到了关岛，接着他从关岛飞到了夏威夷，在那儿又

度日如年地挨了几个星期。他能感觉到，石膏模里面早已污浊不堪，那气味他自己都无法忍受。他看到另一个病号身上的护具是用非常轻的铝质管子做成的。

“我为什么不能用那样的护具?”他问一个病区管理员。

“因为你的还用得好好的啊。”管理员一边解释，一边向他这个同行意味深长地看了一眼。

德斯蒙德心领神会。他开始折腾他的石膏模，一会儿将它泡在水里，一会儿用手抠一抠，很快它就快掉了。于是他也用上了全新的轻质航空夹板。

在受伤两个月之后，他终于回到了美国。来到位于华盛顿的刘易斯堡陆军基地之后，他给多萝西打了个电话，两年来再一次听到了她的声音。

在回家的漫长旅程中，每个阶段都要经历痛苦的煎熬。根据部队的政策，每个伤员都要尽可能送到离家最近的地方。德斯蒙德最终来到了位于北卡罗来纳州斯旺纳诺阿的一个陆军医院。他的父母去那儿探望了他。

不过，多萝西已经回到了学校，几天之后就能拿到学位了。德斯蒙德一旦康复就可以休一次长假，所以他坚持让多萝西留在学校，直到毕业。到了那时，他就可以过去看她了。

那一天终于来了。在拥挤的公交车上，他的胳膊僵直地伸在那儿，腿部伤口生出的肉芽组织还是很疼，尤其是坐着的时候。

但是，他就要回家了。

德斯蒙德参加了三次战役，一直保持沉着冷静，意志坚定，而身边的其他人在压力之下都崩溃了。在距离前线一万多英里的一个拥挤的公交站台，在爱人的拥抱之下，德斯蒙德终于让自己的泪水顺着脸颊恣意流淌了下来。那是喜悦的泪水啊。

沉浸在幸福中的他没有忘记感谢上帝，感谢上苍将自己从死亡边缘拉了回来。他从每月的工资中又拿出了一部分，双倍捐赠给教会，以此感谢自己能够活着回来。

在斯旺纳诺阿的时候，他收到了一封热情洋溢的信，是医务营的好朋友豪厄尔中士写来的。德斯蒙德所有的老朋友都送来了祝福。师部的报纸刊登了一篇报道，生动描述了他在钢锯岭的英勇事迹；豪厄尔将它也附在了信中。有传言说，正在给德斯蒙德申报高级勋章，甚至有可能是国会荣誉勋章。有一条令人震惊的消息让他悲伤不已：一发迫击炮弹直接命中连部指挥所，弗农上尉中弹身亡了。

他们找到了德斯蒙德的《圣经》！为了找到它，全连都出动了。德斯蒙德可以想象得到，身着绿色军装的士兵们呈扇形铺开，一路在弹坑、碎石里翻找，同时还要提防饵雷和狙击手的袭击。想到那些战友

为他所做的一切，他不禁泪眼婆娑！显然，他对于他们的敬爱与尊重收到了回馈。

寻找《圣经》的行为是对他的巨大褒奖与礼赞。

这本《圣经》被送给了多萝西。尽管被水浸泡过了，封面也已脱落，可是它的品相依然不错。后来德斯蒙德让人把它重新装订了一下。书中折过的地方是他上次研读留下的痕迹，那是1945年5月26日。他受伤是在5月21日，一个星期一。

等到骨头愈合得差不多的时候，打上的石膏就可以拆掉了，下一步要去位于弗吉尼亚斯汤顿附近的伍德罗·威尔逊医院。他在那儿接受了一次手术，取出了胳膊里的子弹。他的未来终于迎来了曙光。此时已是1945年的10月初，欧洲和日本的战争业已结束，小伙子们就要回家了。

他在这儿被晋升为下士道斯。“还有呢，下士。”康纳上校说道，“我很荣幸地通知你，你已经被授予我们国家的最高荣誉——国会荣誉勋章。”

“您说什么，长官?”德斯蒙德问道。“我是说——”他的声音低了下去。国会荣誉勋章是国家最高荣誉，只授予那些在实战中有着超常英勇表现的民族英雄。无论是海军士兵、陆军战士还是陆战队员，无论是陆军上将还是海军上将，所能获得的最高褒奖不过如此。

他的内心一下子五味杂陈，有感激，有骄傲，也有如释重负。他还记得在杰克逊堡兵营那个难熬的夜晚，一个饱受惊吓的年轻新兵跪在地上祷告，而军靴飞过床铺向他砸来。而现在，那些战友，那些和他一起训练、一起战斗的官兵们却推荐他去接受这份国家最高褒奖。

他的心中还有难过和悲伤。德斯蒙德想起了克拉伦斯·格伦，那张充满欢乐的脸再也没法微笑了；他想起了赫布·谢克特，他那轻柔、诚恳的声音再也听不到了；他想起了英勇的弗农上尉，想起他的最后一次命令；他想起了其他所有的好兄弟，他们都献出了自己最宝贵的生命。

即便是在这样的时刻，德斯蒙德·道斯心里惦记的依然是别人。他在想，他们才是配得上这份荣誉的人。

德斯蒙德打上了让他非常不舒服的石膏。（加利福尼亚洛马林达大学德尔·韦布图书馆友情提供）

伤口康复期间，德斯蒙德在看妻子送给他的《圣经》。这本《圣经》陪伴他经历了三次南太平洋战役，只是在钢锯岭上弄丢了，后来由其战友寻回。(加利福尼亚洛马林达大学德尔·韦布图书馆友情提供)

道斯换下了被血浸透的军装，穿上了新军装。（美国陆军通信兵图片）

第九章
无上荣耀

授勋仪式数日后要在白宫举行。在告诉德斯蒙德这个消息之后没几天，康纳上校与他在大厅里再次见了面。德斯蒙德仍然佩戴着一等兵的臂章。

“要是让我再看见你身上的那个臂章，我就亲手把它扯下来。”上校说道。他叫来手下一个中尉参谋，让他负责给德斯蒙德找来一套全新的军装穿上，同时佩戴好相应的佩饰。除了两臂的下士臂章，他的左臂还戴上了第 77 师的自由女神师标、两个代表在海外服役两个半年期的金色水平条纹和一个代表在部队服役 3 年的斜角条纹。他的左胸

口袋上方佩戴着一些略章，分别代表配有橡树叶束的铜星英勇勋章、配有两枚橡树叶的紫心勋章、品行优良奖章、亚洲及太平洋作战奖章（上面的三颗铜星代表冲绳战役、关岛战役和莱特岛战役，一个箭头代表两栖登陆作战）、一星菲律宾解放奖章。这些略章如圣诞树般琳琅满目，其上方是作战医疗人员徽章。他的右侧衬衣口袋上面佩戴着一根蓝色勋带，代表被授予第 307 步兵团第 1 营的总统集体嘉奖，表彰他们“攻打、占领并坚守住高地”。

授勋仪式的 3 天前，医院的一个参谋将多萝西从里士满带到了医院。此地距离华盛顿有 150 英里的路程，上校为此把他的专车贡献了出来，还配上了司机。有 15 人要在白宫草坪同时接受勋章，德斯蒙德是其中之一。

授勋仪式开始了。德斯蒙德笔直地立正站在那儿，等着走到美国总统哈里·杜鲁门面前接受勋章，然后再接受五星上将乔治·马歇尔的祝贺，他感觉到自己的膝盖在打战。大家一个接一个地迈步向前，听总统助理宣读对他们的嘉奖令，然后一边由新闻和报纸摄影记者拍照，一边接受总统授予的勋章，并和总统握手。德斯蒙德觉得，自己站到总统面前时肯定会紧张不已，无所适从，窘态百出。

轮到他了。他像演练过的那样，向前迈步并停在草地上设好的一根线前面，线的另一侧就是总统。杜鲁门显然已经知道了道斯的身份，他做出了一个有别于对其他人的举动。他跨过了那条线，热情地握住了德斯蒙德的手，让他放松下来。在嘉奖令宣读期间，总统就那样一直握着德斯蒙德的手。

德斯蒙德听到的是下面的内容：

一等兵德斯蒙德·道斯是307步兵团医疗分队的医护人员，1945年4月29日随该团1营对琉球群岛冲绳岛上浦添村附近一座400英尺高的崎岖高地发动了攻击。

我们的部队登顶时，一阵密集的炮火混合着迫击炮、机枪火力向他们发起攻击，导致大约75人伤亡，其他人被迫后撤。列兵道斯拒绝寻找掩护，而是和众多受伤的战士一道留在炮火肆虐的区域，将他们一个一个转移到高地边缘，然后用一个绑有绳索的担架将他们沿着高地陡崖下放到地面，交到战友的手中。

5月2日，同样是在这座高地上，他冒着密集的机枪和迫击炮火力将一个伤兵从火线200码之外的地方救了回来；两天后，他帮4名在攻打一个防守严密的山洞时受伤的战士处理伤情，并顶着如雨般落下的手榴弹前进到距离敌人只有8码的一个洞口里，在那里，他给他的战友们包扎好伤口，然后又冒着炮火分四次将他们撤离到安全地带。

5月5日，他毫不犹豫地冒着敌人的炮火和轻武器火力去帮助一名炮兵军官。他给伤员缠上绷带，将他挪到一个可以躲避轻武器射击但仍有火炮和迫击炮弹落在附近的地方，艰难地给他输入血浆。那天晚上，当一个美国士兵被来自某个山洞的火力打成重伤时，列兵道斯爬到他的身边，在距离敌军阵地只有25英尺的地方进行急救，并将他扛到100码之外的安全地带，而他自己一直暴露在敌人的火力之下。

5月21日，在首里高地附近的一次夜袭行动中，在连队其他人都隐蔽起来的情况下，他无惧被误作偷袭的日本兵的风险，暴露在开阔地带给伤员施救，直到自己的双腿也被手榴弹严重炸伤。他没有请求隐蔽起来的另一个医护兵来帮他，而是自己处理了伤口，等了5个小时，直到担架兵来到身边，将他抬往隐蔽处。

这三个人随后陷入了敌人的坦克炮火攻击。列兵道斯看到附近有一个伤势更加严重的士兵，于是从担架上爬了下来，让担架兵先关照那个伤兵。在等待担架兵返回的过程中，他再次负伤，一只胳膊多处骨折。凭着惊人的毅力，他把一块枪托当作护具，绑住了严重骨折的胳膊，然后在崎岖的地面上爬行了300码之后，才回到了救护站。

凭借着临危不惧的勇气和百折不挠的毅力，列兵道斯在极度

> 危险的条件下挽救了众多战士的生命。他的名字在第77步兵师成了大无畏精神的象征，远远超出了对他的职责要求。①

“我为你感到骄傲。”总统说道，“你配得上这份荣誉。我觉得这是比当总统还要崇高的荣耀。”接着，他将这枚国家最高荣誉勋章挂在了德斯蒙德的脖子上。

随后，马歇尔将军沿着那条线走了过来，向勋章获得者们表示祝贺。这又是一件让他激动的事情。德斯蒙德正是带着马歇尔签署的那份不准强迫他携带武器的文件度过了整个战争岁月。

陆军部全文报道了德斯蒙德的受勋过程。他的护卫拿到了几份报道，德斯蒙德、多萝西和他们的父母一起阅读了起来：

> 陆军部今日发布消息，作为一名分配到美国陆军医疗队的良心拒服兵役者，来自弗吉尼亚林奇堡的一等兵德斯蒙德·道斯在残酷的冲绳岛战役中救助自己受伤的同志，因其临危不惧的勇气和百折不挠的毅力而获授荣誉勋章。

---

① 嘉奖令中描述的事件当然都是真实的，不过它们都基于参加行动者事后的仓促回忆，其顺序并不尽如所述。

国家最高荣誉被授予这名26岁的士兵。他尽管没有携带武器，却在关岛、莱特岛和冲绳岛的战场上完成了大量英雄壮举，他的名字在第77步兵“自由女神”师已经成为大无畏精神的象征。

列兵道斯的妻子多萝西·保利娜居住在弗吉尼亚里士满市66信箱9号路，他的父母，威廉道斯夫妇，居住在林奇堡市伊斯利大道1835号。

勋章将由杜鲁门总统于10月12号在白宫颁发给列兵道斯。

列兵道斯是第307步兵团1营医疗队队员，他受到了77师上自将军下至列兵的所有战斗人员的高度赞扬。

该师师长埃德温·兰德尔准将积极评价道：“这个士兵冒着生命危险，凭着远超职责要求的高度责任感和大无畏精神，赢得了全师的尊重、崇拜和爱戴。”

列兵道斯入伍的时候包括现在都是一个良心拒服兵役者，因此他的成就更加难能可贵。他拒绝携带武器，甚至连碰都不碰一下，他的单位领导将他调至营医疗队。因为他想跟战友们一起上前线，所以便成了一名连队医护兵。

在关岛和莱特岛战役中，列兵道斯表现出同样优秀的品格。不管炮火多么密集，他都留下来照顾伤员，不计后果，不惧危险。

列兵道斯因其1945年4月29日至5月21日在琉球群岛冲绳岛上超常的英勇表现而获授荣誉勋章。

现居密西西比威诺纳市中央大道245号的昂里斯·布里斯特中尉指出，“列兵道斯时刻都在前线照料伤员。他好几次冒着敌人密集的轻武器和迫击炮火力对伤员进行救护，并把他们转移走。”

列兵道斯从4月29日至5月8日期间归属于B连1排，现居佛罗里达莱夫奥克的塞西尔·根托中尉当时是他的排长。“4月29日早上，”根托中尉叙述道，“密集的迫击炮弹落向了那片区域，有人在请求医护兵的帮助。列兵道斯离开了自己的散兵坑，爬上了山顶。他在一片漆黑中找到了那个伤兵，并给他进行了急救。

天光放亮时，我看到他正在用绳子把那个伤兵从陡崖上撤离下去。这个伤兵的双腿都已经被炸没了。”

现居北卡罗莱纳列克星敦3号路的肯尼思·菲利普斯讲述了道斯的另一次英勇表现。“5月5日，在嘉数附近一次密集的手榴弹交火中，”菲利普斯少尉说道，“四个战士在准备炸掉一个洞穴时严重受伤。他们躺在那儿，头顶有手榴弹和迫击炮弹呼啸着飞过。列兵道斯完全不顾自身安危，四次冲上去把几个伤兵拖到了安全地带。”

来自德克萨斯富尔希尔的一等兵卡尔·本特利说起了5月2日发生的一件事。“列兵道斯听说有人被困在我们跟日本佬之间的火线地带，他就冲了出去，在非常密集的步枪和掷弹筒火力之下将他救了回来。”

这个来自弗吉尼亚的小伙子宅心仁厚，善若天使。他传奇般的战争经历在5月21日达到了顶点，当时他严重受伤，从而为他的紫心勋章增添了一个橡树叶束。而此前的5月10日，他已经重伤过一次，并为此获得了那枚紫心勋章。1营医疗队的五级技术员拉尔夫·贝克讲述了这个故事。

“5月21日那天，列兵道斯被敌人的手榴弹炸伤了。他没有呼叫隐蔽在散兵坑里的另一个医护兵，而是自己处理了伤口，疼痛实在难忍的时候，他就给自己注射了一支吗啡。

“担架兵在早上发现他的时候，几乎都过去6个小时了。他们抬着他走了大约50码之后，被迫击炮弹的轮番攻击挡住了去路。这时列兵道斯从担架上爬了下来，让两名抬担架的医护兵先去照顾受伤更严重的伤兵。

“躺在那儿的时候，他再次负伤。他把一块枪托当作护具，绑住了严重骨折的胳膊，在浑身伤痕累累的情况下爬回了救护站。”

列兵道斯1919年2月7日出生于林奇堡，1942年4月1日加入弗吉尼亚利堡的陆军部队。在参加新兵训练之前，他在船上当细木工。1944年12月7日至21日，作为医护兵的他在菲律宾莱特岛战役中表现优异，被授予铜星勋章。①

最重要的是，德斯蒙德得到了10天的休假机会。他和多萝西一道去了她在里士满的家里。几个星期以来，他一直在想办法转到那儿的

① 同样，叙述之间存在细微出入。

麦圭尔总医院。他现在行动已经相当自如了。他的腿几乎跟新的一样，只是还有几块微小的弹片留在里面，偶尔有点疼。胳膊里粉碎的骨头已经愈合了，子弹也取了出来，手术的切口恢复得很好。医生告诉德斯蒙德说，他再也没法使用那只胳膊了，但是他坚信，只要自己努力锻炼，就可以重新恢复力气，灵活自如。

不久之后，他就会光荣退伍。他还没有想好，到底是要求按照国会荣誉勋章获得者的身份退伍以便享受相应的特殊待遇，还是按照残疾老兵的身份退伍，抑或是根据他在海外服役和战斗中获得的大量积分退伍。

由于退出现役的事情还没落实，所以如果能被安置到麦圭尔总医院，离多萝西近一点，那就方便多了。一天，他顺路去医院，想要咨询一下是否可以尽快从伍德罗·威尔逊医院转过来。全国各地、甚至是世界各地的报纸都已经报道了这个良心拒服兵役者获得国会荣誉勋章的故事。在里士满，由于多萝西与这座城市的关系，当地报纸对这个英雄医护兵进行了连篇累牍的宣传。所以，他刚走进行政大楼就被人认了出来，在簇拥中走进了院长办公室。

“你用不着办理转院手续。”他告诉德斯蒙德，“你甚至都不用再回伍德罗·威尔逊医院了。我们会捎话过去，说你在这儿休假期间感觉不太舒服，已经由我们进行了检查。”

“哦，不用了。”德斯蒙德说道，他还不习惯在军队内部走捷径的做法，“我会回那儿亲自办理出院手续。”

与此同时，德斯蒙德还要在另外一个地方露个面。他的故乡林奇堡此刻已经沸腾了，正热切地盼望着他们的英雄荣归故里。计划很快就安排好了。他在火车站受到了市政官员们的迎接，随后乘坐一辆敞篷车像正式阅兵那样驶过城市的主干道。鼓乐齐鸣、彩旗招展，横幅上写着“冲绳神力人”。美国退伍军人协会第 16 分会还赠予了他终身会员的身份。

10 月下旬，德斯蒙德回到伍德罗·威尔逊医院办理转院手续。康纳上校跟他一见面就行了个标准的军礼。看到德斯蒙德有点尴尬，上校说道：“记住，小战士，五星上将都要向荣誉勋章敬礼。”①

就这样，德斯蒙德回到了里士满的麦圭尔总医院。他有一个 A 级通行证，也就意味着可以来去自由。他很早就在考虑，退伍之后要干什么。虽然左胳膊开始有了一点力气，可是他知道自己无法再干自己的木工老本行了，事实上，只要是用到两只胳膊的手艺他都没法再做了。不过，他在探索两条有趣的赚钱途径。

---

① 这是一个误区。确实有许多高级军官向荣誉勋章获得者敬礼，但那只是个人选择，并非硬性规定。1945 年的时候确实有条文规定，获得荣誉勋章的人在有空余舱位的情况下可以免费乘坐军机，其子女在报考西点军校或安纳波利斯海军学院时可以得到特殊照顾，其本人每月可以得到 2 美元，65 岁起每年可以得到 120 美元的抚恤金。——作者注

德斯蒙德一直很喜欢花。从孩提时代起，到后来慢慢长大，他都在种鲜花和开花灌木。最近大家都在谈论退伍军人权利法案，它可以帮助老兵们更好地适应和平时期的生活。德斯蒙德想，也许新法案能起到点作用，让他有机会学习更多关于花卉及花店生意的知识，甚至让他拥有自己的花店。

另一条途径虽然不同于花卉，但是同样跟漂亮的生物有关。在里士满的时候，有一天他经过一家经营热带鱼的小店，立刻对它们产生了兴趣。店主知道他的兴趣所在，乘势在火上浇了一桶油。他说，人们可以通过饲养、出售奇异的鱼类过上舒适愉悦的生活。

他和多萝西终于可以开始梦寐以求了很多年的家庭生活了。他们都喜欢孩子，他们年轻勇敢，积极向上。

如果说还有什么能让德斯蒙德更加地坚信信念的力量，无疑就是他在南太平洋所经受的炼狱般的考验。出于仁慈之心，他曾无数次穿越那些暴露在轻武器、迫击炮甚至火炮火力覆盖的区域，却毫发未损，他用顽强的意志力战胜了最残酷的战争。不错，他后来确实受伤了，而且伤得很重，但是他依然活着，并且健健康康地回家了。他满怀感恩之心。

道斯是 1945 年 10 月 12 日在白宫草坪接受勋章的 15 人之一。杜鲁门总统背对着相机。站在他旁边的是总统军事助理哈里·沃恩准将。道斯站在前排，杜鲁门总统左侧第二个。（美联社）

杜鲁门总统向道斯授予国会荣誉勋章。马歇尔将军在旁观礼。照片签字："再次祝贺你获得荣誉勋章，这是至高无上的荣耀。哈里·杜鲁门致德斯蒙德·道斯。"

1945 年 10 月 12 日，哈里 · 杜鲁门总统在授予德斯蒙德 · 道斯国会荣誉勋章后向道斯下士表示祝贺。(加利福尼亚洛马林达大学德尔 · 韦布图书馆友情提供)

THE UNITED STATES OF AMERICA

TO ALL WHO SHALL SEE THESE PRESENTS, GREETING:

THIS IS TO CERTIFY THAT
THE PRESIDENT OF THE UNITED STATES OF AMERICA
PURSUANT TO ACTS OF CONGRESS APPROVED MARCH 3, 1863
AND JULY 9, 1918, HAS AWARDED IN THE NAME OF CONGRESS TO

Private First Class Desmond T. Doss, A.S.No. 33 158 036

THE MEDAL OF HONOR

FOR
CONSPICUOUS GALLANTRY AND INTREPIDITY INVOLVING
RISK OF LIFE ABOVE AND BEYOND THE CALL OF DUTY
IN ACTION WITH THE ENEMY

near Urasoe-Mura, Okinawa, Ryukyu Islands, on 29 April 1945

GIVEN UNDER MY HAND IN THE CITY OF WASHINGTON
THIS 21st DAY OF September 1945

SECRETARY OF WAR

乔治·马歇尔将军向荣誉勋章获得者德斯蒙德·道斯表示祝贺。（加利福尼亚洛马林达大学德尔·韦布图书馆友情提供）

美国陆军国会荣誉勋章。(加利福尼亚洛马林达大学德尔·韦布图书馆友情提供)

第十章
终极考验

熬过了四年的艰苦岁月，德斯蒙德和多萝西终于迎来了幸福生活的巅峰，并一道憧憬着梦寐以求的未来。如果就这样下去，该是多美好的结局啊。许多朋友、熟人及世界各地复临会的教友们都想当然地认为，德斯蒙德夫妇的战后生活一定风平浪静、怡然自得。

很不幸，他们遭遇了一连串艰难困苦。就在德斯蒙德计划退伍的时候，他怀疑自己患了轻度胸膜炎，就去做个检查，诊断结果：肺结核。听到“肺结核”三个字，他整个儿蒙了。后来，他和大夫们讨论自己的病情时回忆说，在莱特岛上，他打过寒战、发烧，身体很虚，连行军都跟不上。那时，应该是结核病初起。后来，到了钢锯岭，白天高温，夜间又冷又潮，睡眠不足，疲惫不堪，长期饮食不调。

还好，当时他的结核病只侵犯到一个肺，医生们感觉他的病不难治。

德斯蒙德并没有退伍返乡，和妻子多萝西开始幸福平静的生活，上级将他送到两千多英里外，位于科罗拉多州丹佛市的菲茨西蒙斯总医院。

“这家医院是最好的，”医生们告诉他，“您就配住最好的医院。”

德斯蒙德感到孤独，几乎被人遗忘，情绪很低落。他的精神一天比一天差，整天愁眉苦脸，替妻子担忧，多萝西这个时候怀上了他们俩久盼的孩子。医生认为，为了德斯蒙德尽快康复，要排除一切干扰，包括他的爱妻。就这样他们天涯相隔，彼此都很痛苦。

这对夫妻是最不宜分开的，德斯蒙德好说歹说，医生终于相信他的康复过程快不了，才同意多萝西来此探视。她借住在一个复临会教友的家里，每天来医院看望德斯蒙德。德斯蒙德的病情自此立刻就有了起色。

德斯蒙德恢复得相当不错的时候复员了，并转至里士满的麦三尔医院（此时已是专为退伍军人服务的机构），享受退伍军人的全部福利待遇。后来发现，这次转院是极其错误的。为了适应军转民的调整，

这家医院的管理不是那么严格。一个糟糕的例子就是对吸烟不加限制，就连严重肺结核患者也是吞云吐雾。德斯蒙德亲眼看见有些人吸死了，有时候周围的烟味太浓，德斯蒙德担心自己哪天也会被烟味呛死。

这个环境太差了，德斯蒙德几经努力，终于说服管事的允许他办理出院手续，今后只看门诊。就这样他和多萝西回到了林奇堡的家。他每周接受一次治疗，将空气注入左胸腔，迫使左肺不张，以便它能够休息康复。

医生嘱咐他每天大部分时间必须休息，之前医生就告诫过他不能干任何力气活。可如今，德斯蒙德不但要养活自己和妻子多萝西，还要喂饱 1946 年 9 月 15 日新添的儿子小德斯蒙德。孩子不许接近父亲，以免被传染上。德斯蒙德享受特等伤残的补助，每月 118 美元。多萝西每天下午三点到夜里十一点在一家袜厂上班。林奇堡的美国退伍军人协会帮助他搞到一张购车券，以便他买车后每周去接受胸肺治疗。德斯蒙德盛情难却，不好意思说自己买不起。买了车，花销也随之加大了。

他在里士满的水族馆有位朋友，照本钱卖给他一整套饲养热带鱼的设备，还有名贵品种黑玛丽鱼、神仙鱼、箭尾鱼、古比鱼的种鱼，以及作为鱼食的蜗牛。在这个赚钱的行当里，这笔交易很划算。德斯蒙德买来书籍，撸起袖子准备大干一场。小打小闹的事情德斯蒙德是不干的。

有一天他去查看水温，发现水温太低，便立即动手给水加热，可是水银温度计的读数没有上升，他就继续加热，等到水箱里的热带鱼全都烫死了，他才发现原来温度计是坏的！

靠养鱼发财这条路是走不通了。初始规模太大了，现在他一无所有，无力东山再起了。他为养鱼、整理场地投入了太多。为了挣钱，他现在什么也顾不得了。

他整天东跑西颠，心事重重，满腹忧虑。有一次体检，医生通过荧光镜看了很长时间，最后说："德斯蒙德，你这病我们这儿看不了了。"

现在，他两边的肺都有了结核病灶。这次他去了位于弗吉尼亚州的退伍老兵管理局下属的奥汀医院，离北卡的阿什维尔不远。他的病情逐渐恶化，后来，多萝西和儿子也搬到阿什维尔，以便就近照顾他。之后，他的病情又有了起色。

医生们诊断认为，左肺必须切除，但是在切除之前，他们要让它扩张开一点，以便分担右肺的部分功能，这样有助于右肺的愈合。然而，左肺功能已经严重受损，使得支气管也有了萎缩的倾向，必须进行扩张。这种扩张两周一次，采用支气管镜检查法进行，这是一种近乎现代酷刑的物理方法。具体做法是，将一根大拇指粗细的铬钢管从

喉部插入气管，然后通过钢管，将镊子伸进去扩张支气管。这个过程痛苦万分，每次治疗后，德斯蒙德都要吐血好几天，把他折磨得死去活来，饭也不能吃。一年多一点的时间内，他做了三十多次支气管镜检查。

1950 年初，他得到了回报：两次手术。第一次手术切除左肺加上一根半肋骨，一个月后，又拿掉四根半肋骨。一年后，他已经大有改观，可以转移到斯旺纳诺阿去疗养了。不用说，多萝西和小汤米也跟了过来，住在市区的一套设备齐全的房子里。既要照顾小汤米，又要每天看望德斯蒙德，多萝西唯一能接的活就是做兼职保洁。

1951 年，德斯蒙德结束在斯旺纳诺阿的疗养。从六年前负伤到此时，他在医院外面的时间断断续续加起来只有几个月。他家全部收入是对他存有感激的政府按月寄来的支票（此时涨到了 138 美元），外加多萝西给人家干家务活挣的几块钱。

起初，德斯蒙德打算在里士满找点活干，但是谁想雇佣拖着一条伤腿、一只萎缩的胳膊、只剩一个肺的荣誉勋章得主呢？不得已，他只好去林奇堡参加在岗培训，学做橱柜，根据《退伍军人权利法案》，他为此能得到一点报酬。德斯蒙德逐渐认识到，他的身体不容许他全天劳作，但是不干全天不行。他总是左右为难，不干活吧，就没了收入，干吧，会旧病复发，又得住院。

当时，他们在林奇堡城外，以每月 50 美元的价格租了一所旧农舍。房子没法取暖，破烂不堪。德斯蒙德和房东商议，房东出油漆，他自己动手把房子刷一遍。房东同意了，但德斯蒙德发现房东给的多半是废机油。

除了如今五岁的小汤米，多萝西还照看着他姐姐家的两个孩子。

1952 年夏，复临会夏令营项目管理委员会邀请德斯蒙德去全国不同营地巡回讲解他荣获最高荣誉的经历。只要没在住院，而且能走得动，德斯蒙德从不拒绝演讲的邀请。他知道自己并不善于发表公共演讲，不过，他慢慢地克服了自己的紧张情绪。

考虑到口说不如演示，他带了一根绳子，现场演示他当年是如何用双套结将负伤的战友从高地上系下去的。他还向听众展示他那从不离身的《圣经》和荣誉勋章。他的演讲效果显著，甚至可以说引人入胜。毕竟他是美国人民的伟大英雄，也是唯一获得荣誉勋章的良心拒服兵役者。就算他一句话不说，光往台上一站，也能引来一片艳羡的目光。

他的演讲平易近人，吐字略显迟钝，他用绳子所做的演示，以及他的坚定信念，让成千上万人更加坚定了他们自己的信念。

那年下半年，多萝西病倒了。婚后，多萝西苦撑了九年，第一年

在兵营附近艰难度日，随后两年，自己心爱的男人在硝烟弥漫的南太平洋战场上服役，最近六年紧张加上劳累，所以，多萝西身体终于垮掉，谁都不感到奇怪。

经过几个月的断断续续的治疗，多萝西的病情时好时坏，德斯蒙德把妻子带到佐治亚州怀尔德伍德附近的一家很小的复临会疗养院疗养。在此，经过耐心调养、百般呵护、安慰鼓励，多萝西逐渐康复。德斯蒙德竭尽所能照应小汤米，与此同时，在几英里之外的一家又小又穷的婴幼儿收容所当保育员。该收容所位于崎岖不平、怪石林立的卢考特山上。那是一段拮据难熬的日子，恨不得一分钱都要掰开成两半花。后来，他又以每英亩 50 美元的价格买了一小块四英亩大的地皮，连同一个活动板房。闲下来的时候，他用四处低价收购来的材料建起一栋小木屋。他的钱是用政府给他的人寿保险做的保单借款①。

1957 年，有人请德斯蒙德去加州的好莱坞商讨拍电影的事，往返机票以及其他一应费用全包。刚下飞机，就有人用车把他拉到一个播音室，大家把他簇拥到一个舞台上，台下观众有好几百。他还没明白是怎么回事，就上了《这就是你的生活》电视直播节目，接下来的半

① 保单借款主要是寿险公司为某些保险产品提供的借款服务。寿险的缴纳期限通常都比较长，特别是投保的前几年，如果提出退保的话，客户往往会有一些损失，保险公司为了让客户在经济窘迫的时候不至于用退保的方式换取现金，特别推出可以用寿险保单作为抵押从保险公司贷款的服务。——译者注

个小时节目中，他简要回顾了自己的一生。

库尼上校从佛罗里达飞了过来，他回忆说，当年他在夏威夷曾认真考虑过打发列兵道斯回家，因为他不愿拿枪。B 连的军官和战友则回忆德斯蒙德是如何救了他们的命，他在高地上的举动是他们一生中见证的最英勇的行为。多萝西和小汤米也被请到了现场，同来的还有他的父母。

节目结束时，整个活动的策划者拉尔夫·爱德华兹向德斯蒙德赠送了一台动力锯、一台小型发电机、一台摄影机、一笔足够他把卢考特山上的地产扩大到七英亩的资金、一头奶牛、一台配套齐全的拖拉机，还有一辆旅行轿车。

德斯蒙德、多萝西和小汤米三口的日子从此好过起来。德斯蒙德得以加固房屋，把家里收拾得很舒服。他种上了自己喜欢的蔬菜、水果。他家有个小湖，一艘小船，湖里养着鸭子，水里养了鱼。他的伤残补助也提高了。1965 年，国会通过立法，决定将每位荣誉勋章获得者的月补助额上调 100 美元。

多萝西回到学校继续学业，并获得护理学学位。不过，1966 年多萝西开始参与启蒙方案①的教学，她很快爱上了这份工作。

---

① 美国的启蒙方案始于 1965 年，当初是为低收入儿童提供全面的入学前教育，涉及健康、营养、家长参与等方面，以促进孩子们身心全面健康，幼小衔接顺利。——译者注

小汤米再也不小了。二十岁那年，他应征入伍，成了一名陆军战士。和他父亲一样，他名正言顺地进了自己想去的医疗队，成为一名医护兵，不过没有遭受他父亲当年的排挤、阻挠。和他父亲当年一样，期间他恋爱、结婚了。

小汤米出生后有好几年，德斯蒙德不能像常人那样和儿子亲密接触。直到现在，一个画面仍经常萦绕在他的心中：在林奇堡的小房子里，儿子爬到他的房门口就停住了。当时有条家规：儿子不能进入患结核病的父亲的房间，父亲也不能靠近儿子。再后来的多年里，德斯蒙德和多萝西轮番住院，又无暇顾及孩子。

道斯当初无力帮助自己的孩子，近年来却发现了一个帮助他人的办法。他和社区中其他人一道出钱出力，在卢考特山的复临会教堂旁边，为山上的孩子们扩建了一所学校。这个地区的住户都是穷人，附近只有废弃的煤矿和荆棘丛生的小块农田，来钱不易。然而，有德斯蒙德·道斯这位勤劳肯干的带头人的鼓舞和以身作则，当地人有钱的出钱，有力的出力。有一位教友当时久病未愈，无力干活，为了捐钱，他把自家的房子都卖了。

德斯蒙德说："卢考特山复临会教堂和学校的落成，是我这辈子最高尚的事业。"

德斯蒙德每月从政府领取补助款，作为回报，他尽力为国服务、为民服务。佐治亚州沃克县民防救援队成立之初，德斯蒙德是他那个区块的负责人。他协助购买了一辆旧卡车，然后费时费力费钱将其整修一新，并添置了必要的设备。

1966 年 4 月，考验他的救援队的机会来了：八个童子军和三个成年领队在一个山洞失踪了！德斯蒙德和他的队友们昼夜不停，在阴暗潮湿、充满瓦斯的山洞里救出七名少年童子军和一名领队。队友们回忆说，德斯蒙德在洞中连续工作的时间最长，出力也最多。

1942 年，德斯蒙德·道斯和多萝西·道斯在弗吉尼亚里士满举行婚礼。(加利福尼亚洛马林达大学德尔·韦布图书馆友情提供)

多萝西、德斯蒙德和儿子汤米。(加利福尼亚洛马林达大学德尔·韦布图书馆友情提供)

小德斯蒙德（汤米）在欣赏他爸爸的荣誉勋章。

夫妻俩在佐治亚州赖辛福恩朴素的乡间小屋的门廊上小憩，此处离田纳西州查塔努加不远。(1967 年前后)

德斯蒙德在家附近的小湖边享受闲暇。

第十一章
信念的力量

在德斯蒙德获得荣誉勋章二十年后，又有一位爱国的美国青年走上战场为国尽忠。他的名字叫作柯蒂斯·里德，来自怀俄明州的吉莱特市。和德斯蒙德一样，他也是一位良心拒服兵役者，同样志愿并渴望报效他的祖国。

与德斯蒙德加入的重启之师不同，里德加入的是著名的美军第一师，号称“红一纵队”。柯蒂斯·里德加入时这个师已经在越南作战。与他同属第 26 步兵团 1 营直属连的其他士兵见他没有佩枪，便反应过来他是一个良心拒服兵役者。但他的境遇和德斯蒙德·道斯相比已经

有了天壤之别。

“小伙子，”一位参加过越南战争的老兵钦佩地对他说，“我可没有一点儿勇气敢在执行任务时不带枪。”

“你们这些医护兵可比我们勇敢得多啊。”另一名步枪手说。

刚开始，里德就感受到了浓浓的战友之爱，他想或许有一天他也会拯救战友们的生命。那一天确实来了，就在1966年3月24日，事情发生在富利北部的丛林里。

当时，里德所在的连队正以慢速通过一个要塞附近茂密的矮树丛，突然，大量手榴弹在他们身边爆炸开来，无数的子弹呼啸着穿过灌木丛，美军士兵纷纷倒地，一动不动。

只有柯蒂斯·里德一人平安无事。伤员们不停地呻吟大叫。柯蒂斯·里德同时向他的战友和敌方士兵的方向靠近。第一个受伤的是他的一位中士好友，他的肩膀受了伤。里德剪掉他外套的上半部分并给他缠上了绷带。中士一直让里德先去救助别的战友，但里德坚持要先帮他把血止住。

里德继续匍匐前进，经过一个头部中弹身亡的士兵，来到了另一个身负重伤的中士身旁。在里德实施救援的过程中，他也死了。同时，另一位医护兵也赶了过来，开始救助另一个受伤的美国士兵。里德刚刚直起身子，就听到了五声枪响，三发射中医护兵战友的胸膛，两发射在腿上。虽然看不见那些敌方士兵，但里德知道他们就近在咫尺，因为他甚至能闻到那刺鼻的火药味。里德拼尽全力抢救那名医护兵战友，但是战友的伤口是致命的，已经回天乏术。

接下来的一名伤员被击中了两次，头上和腿上都有伤。里德给他进行了治疗，然后又继续前进。此时，他已经满身是血，血和汗混和在一起，炎热的天气、潮湿得令人窒息的丛林，一切都使人感到无力和绝望。然而，里德却没有放弃，仍然匍匐着爬到战友身边，对他们进行处理。终于，有坦克开来掩护连队进行撤退，柯蒂斯·里德是最后一个离开这片血腥之地的人。

由于在这次行动中的英勇事迹，这位年轻的医护兵被授予铜星勋章，后来又获得了橡树叶束，也收获了这样的嘉奖词：“在与敌军的地面作战中，他的英勇表现十分突出。”

“他坚持不懈的努力和精湛的专业能力，让他做出一个又一个杰出的贡献，”嘉奖令上继续写道，“在平息叛乱的行动中，他总能迅速抓住问题的要害并找到解决它们的方式方法。他积极运用自己广博的知识，在越南战争中发挥了巨大作用。”

“他的积极、热情、明智的判断和忠于职守的精神不仅是美军传统的最真实写照，也为他自身和他的军旅生涯增添了极大的光彩。”

有趣的是，在这份嘉奖词中并没有提及里德是一位良心拒服兵役

者。他只是被当成一名普通的美国士兵，以卓越突出的方式完成了他的工作。

如今有超过7000名良心拒服兵役者的现役士兵，大部分人都反映他们已经很好地被接纳，也不会因为这一点而受到负面评论。这些勇敢的士兵在部队中大受欢迎，他们的个体表现功不可没。

无论如何，对于那些成千上万的有意愿且渴望穿上军装报效祖国的年轻良心拒服兵役者来说，他们中的一员获得国会荣誉勋章无疑将使他们的军旅生涯变得轻松一些。

军人对于国会荣誉勋章这个国家最高奖项尤为敬重。获奖者也自发形成组织，每年举办一次大会，总能得到主办城市所在的军方机构的积极配合。只要身体允许，德斯蒙德每年都要参加大会。他很享受其他同僚英雄们对他的尊重。1962年，在纪念荣誉勋章设立100周年的仪式上，德斯蒙德被其他二战中的勋章获得者们推选为去白宫的代表，仪式上他和肯尼迪总统相谈甚欢。

作为所有勋章获得者中唯一一位良心拒服兵役者，道斯成了大会举办地新闻电视媒体争相追逐的对象，这些媒体希望他能公开露面并接受专访，他也经常收到电视节目的邀请。成千上万的人，尤其是那些在二战后成年的一代人，通过战争英雄德斯蒙德了解了他所秉持的爱国合作理念。

朝鲜战争期间，战争服务委员会决定为未来的医护兵们建立一个长期性的国家训练营。两位共同创始人卡莱尔·海恩斯和埃弗里特·迪克一致认为这个训练营应该命名为德斯蒙德·道斯训练营。他们两人一位是战争服务委员会的主席，在二战期间德斯蒙德服役之初曾给予他很大的帮助；另一位是青年医疗团的创始人，掌管青年医疗团长达25年。1951年6月道斯训练营的第一期训练在密歇根州的格兰德利奇正式举行。那段时间，德斯蒙德正在斯旺纳诺阿进行恢复治疗，但他还是请了整整两周的假全程参加训练营的活动。虽然他能来参加就已经是最大的贡献了，但他还是穿着整齐干练的军装夏服，积极地投入训练营的每一个活动环节。他一刻也停不下来，四处走着，慰问学员。他是学员们的偶像，大家都爱和他交谈。

最后的阅兵仪式标志着第一期训练营的结束，德斯蒙德所做的不仅仅是站在阅兵台上检阅士兵，其实阅兵台也是他亲手帮忙搭建的。

某一天，海恩斯长老正在主持安息日仪式。布道中途，这位上了年纪的老人突然感到一阵眩晕，德斯蒙德赶过来处理，一分钟不到就做了个担架，然后他抓起其中一角，将失去意识的老先生抬到了阴凉地带。

“解开他的衣领，”德斯蒙德有条不紊地发出指令，“抬起他的双脚。”海恩斯长老很快就站了起来，重新精神焕发了。德斯蒙德综合展

示了他的木工手艺和在部队掌握的急救技能，在训练营的这两周里给医护兵们带去了极大的鼓舞，之后他便回到斯旺纳诺阿医院继续进行恢复治疗，别忘了他可是切除了左肺和五根肋骨的病人。

青年人们都被送到德克萨斯州萨姆·休斯敦堡的医务部接受训练，这些新学员因为在青年医疗团接受的综合训练而得到了很高的评价，在德斯蒙德·道斯训练营接受的两周强化集训尤其受到赞赏。在这些集训中，学员们不仅学习如何作为一名合作者为国服务，还会学习这样做背后的哲学意义。

一个刚刚结束基础训练的年轻人这样说道："为什么我们是非战斗人员？我在青年医疗团学到的有关知识对我的服役生涯真的帮助很大。"

"学习这些给我开了一个好头，"另一个人说道，"在来到萨姆·休斯敦堡之前，我已经对军队事务有所了解。"

还有人说："在道斯训练营的训练确实有些艰苦，但和应征入伍后的那些实战比起来根本不算什么。我很感谢能在青年医疗团接受那些训练，它们为实战做了充分准备。"

自 1934 年 1 月创始以来，青年医疗团在北美已经培训了大约 30000 人，其海外分部则培训了 12000 人。在美国，每年都有超过 1000 人在青年医疗团接受训练。1967 年，类似的培训项目在韩国、菲律宾、南越、马来西亚、巴西和特立尼达等地也纷纷展开。

截至1967年春天，包括柯蒂斯·里德在内有四位年轻的与道斯有相同经历的医护兵因其在医疗急救任务中的英勇表现而获得铜星勋章。比如，梅尔文·科尔特法伯是来自华盛顿地区巴特尔格朗德的一位四级技术员。那天他正随部队在宝甲附近执行巡逻任务，突然遭到一股使用自动化轻武器和迫击炮的敌军力量的埋伏，多名美军士兵受伤。科尔特法伯不停地在伤员间奔忙，为他们包扎伤口。在此过程中，一枚迫击炮弹炸伤了他的腿，让他血流不止，疼痛难忍。科尔特法伯迅速处理了自己的伤口，接着又继续救治其他受伤的战友，直到有其他医护兵赶来接替他的工作，他才选择撤离战场。

另一位英雄是一等兵弗雷德·比利亚努埃瓦，在越南战场服役于第4装甲团。某天他跟着一队装甲车辆执行巡逻任务，突然遭遇敌军大规模的手榴弹轰炸和自动武器射击，有几人伤亡。比利亚努埃瓦不顾危险，执意离开相对安全的装甲车，冒着枪林弹雨不停地救治一个又一个伤员。为了救出一辆坦克中的伤员，他冒险爬了上去，却不幸被敌人的手榴弹击中，爆炸碎片让他从坦克上跌落了下来。但他还是站起来，重新爬了上去，对那名伤员进行了救治。他一刻也没停，尽力给部队里的每一位伤员疗伤，却顾不得停下来查看自己的伤口。

与德斯蒙德的经历类似，越南战场上的第四位英雄刚开始也遭遇

过一些排斥。乔治·瓦尔特努克（大家都叫他“迈克”）来自俄亥俄州的萨菲尔德，他曾在第25步兵师第5机械化步兵团服役，入伍时他发现，他是所在单位第一个良心拒服兵役者。

“你的来复枪呢？”排里的作训中士问道，“你难道不知道现在正在打仗吗？”

迈克没有给自己辩解，他知道不需要多久他就有机会证明，即使不携带武器也可以参军服役。仅仅过了三天，机会就来了。那天，在敌人的枪林弹雨中，迈克从战场上救回了一名受伤的士兵。几天后，那名中士的腿部也中弹了，迈克上去为他包扎了伤口，并将他带回了安全区域。

后来，第25步兵师接到任务要求他们清剿著名的“铁三角”——西贡北部的一片丛林地区。迈克所在连队的装甲运兵车遭遇了敌人的埋伏。敌人倾其所有狂轰滥炸，一枚炮弹炸毁了领头装甲车的履带，整个车队被迫停了下来。

另外一枚炮弹正好击中乔治·瓦尔特努克后面那辆装甲车，七名士兵被困在车内，旁边就是一箱六十枚迫击炮弹，引信已经开始燃烧起来。迈克冲向正在燃烧的装甲车，将堵在门口的两名士兵拖了出来，接着又钻进浓烟滚滚、如同火海的车内，一趟又一趟，直到把所有人都救到安全地带。

德斯蒙德·道斯坚持认为，他自己并没有救出像领导们说的那么多人，迈克对自己也持同样的看法。与官方报道不同，他认为自己跑进起火装甲车的次数并没有七次那么多。他说："我觉得有些人应该是自己跑出来的。"

除了将战友们拖出装甲车之外，迈克还赶在爆炸之前将他们运送到了安全地带。枪林弹雨中，他还给其中四名士兵输了血。为了加快输血速度，他不顾危险站了起来，以便把输血瓶放得高一些。

从此以后，乔治·瓦尔特努克再也没有受过任何排斥。而那位在第一天批评迈克不携带武器的中士在离开越南前还特地向乔治·瓦尔特努克道别。

"希望你回国后能来看看我，我随时都欢迎你的到来。"中士说道。

像道斯和瓦尔特努克这样被误解的人也许一直都会存在，他们必须向战友们证明自己的能力和自己的动机。但恰恰是因为他们的努力，才使得完全接纳他们已经或即将成为常态，用部队的行话来说，就是成为"标准作业程序"。

德斯蒙德·道斯不仅给美军带来巨大影响和鼓舞，也影响到美国的普通民众甚至是大洋之外的其他国家，他的壮举已传遍世界。谁也说不准，在德斯蒙德个人信念和英雄主义的直接或间接的影响下，已经或将会有多少人开始了解良心拒服兵役者。

为了纪念德斯蒙德的卓越贡献，冲绳岛的居民们树立了两块纪念碑，一块用英文书写，一块用日文书写。

德斯蒙德·道斯没有死于战场，他活了下来，接受了当时最高的荣誉之一。尽管他和多萝西也曾经历不幸，但他们更多的是看到他的牺牲和英雄事迹所带来的积极一面。道斯继续坚持着信念，坚持助人为乐。在战争年代，他从坚定的信念里寻得勇气，在卢考特山上生活的和平时期，他初心不改、善行依旧。

后记

钢铁般的意志

最近，我结束了在非洲一所大学的任教工作，刚刚回国。在那里，我们每天都面对着恐怖主义的威胁。

坐在德斯蒙德家的前廊上，我同他讲述着那些发生在我们所居住的社区里的暴力、强奸和杀人事件。当时，马普托电台广播说，我们索卢西学院全体教职员工即将被杀掉，而所有学生将得到“解放”。我们大部分的教职工都是白人，而学生则都是不同国籍的非洲人。这一消息意味着我们这些年轻男子将被迫成为“自由战士”（恐怖主义者），否则就将遭到杀害，而年轻的女子则会用来满足年轻男子欲望的工具。我告诉德斯蒙德，为了保护家人和学生，我一直在犹豫是否要

买一把当地自制的以色列乌兹冲锋枪，内心苦苦挣扎了许久。德斯蒙德静静地听着，过了好一会儿才说道："面对不同的战争，我也许会做出不一样的选择。"我觉得，他的回答见解深刻，思路开阔。

德斯蒙德入伍后，战争初期他被贴上了"和平主义者"的标签。德斯蒙德讨厌这个标签，不停地解释说他是一个"有良知的合作者"。这个标签并没有什么市场。德斯蒙德立志报效他的祖国，也想关心那些为了美国的原则和自由而战的人们。渐渐地，战友们开始尊重、敬佩、推崇德斯蒙德，认为他是一位值得效仿的爱国者。德斯蒙德能够理解他作为别人眼中"英雄"的状态，但对于别人的赞誉却并不习惯，他一直认为，真正的英雄就是他与之并肩作战的那些人，尤其是那些付出自己生命的人。直到德斯蒙德去世，这个谦逊、无私、意志顽强的男人都将他在炮火下所展现的勇气与胆量、将他能够幸存下来的原因归功于坚定的信念。

德斯蒙德从战场回国后，在医院接受了长达五年半的恢复训练和特殊治疗，而人们对他的评价也褒贬不一。有些美国人并不赞同他在战争期间不参与战斗的行为，但大多数人还是乐于纪念他这样一位战争英雄。多年来，德斯蒙德的照片经常出现在全美许多城市的报纸头条上——比如在美国国殇纪念日大游行时，在公立学校或教会学校的集会上发表讲话时，以及对诸如童子军这类青少年团体发表讲话时。

每次参加荣誉勋章协会的年会，德斯蒙德总会遇到其他荣誉勋章获得者排着队想要和他交谈——大家都想和心目中的英雄说上几句。每次拍集体照，其他得奖者也总是让德斯蒙德站在第一排。一个人原本只是去杂货店买东西的，如果得知谁在街上看到了带有德斯蒙德荣誉勋章标志的车牌，一定会找他聊个没完，这样的情况已经司空见惯了。人们有时想花上20分钟甚至30分钟和他交谈，德斯蒙德对此从未觉得厌烦苦恼，他是个再谦逊不过的人了。曾经有位战士告诉我，他认为德斯蒙德是我们国家最伟大的英雄之一，但是德斯蒙德对他的态度让他觉得自己才是真正的英雄。

德斯蒙德·道斯先生比我见过的任何人都更热爱美国。走进他的客厅，你将接受国旗的洗礼，大概有25面到30面那么多。其中一面曾经飘扬在华盛顿国会大厦上，另一面曾飘扬在乔治亚州的国会大厦上。这里没有鲜花，只有扎成一大束的国旗。

也许是因为治疗肺结核的过程中使用了大量的链霉素，1976年德斯蒙德已经完全失聪。身为注册护士的多萝西便成了他的耳朵。德斯蒙德与朋友聊天或在教堂做祷告时，多萝西都会把内容记录下来，以便他理解，这样的记录有成千上万张。1988年出现了一种新的治疗方法——人工耳蜗植入。在各方努力之下，德斯蒙德最终得以在加州的洛马林达大学附属医院免费接受这项最新治疗。退伍军人管理局、查

塔努加的军事组织以及多萝西的家人为德斯蒙德提供了交通、住宿等援助。术后的恢复期长达数月，但德斯蒙德终于在12年后又能听见声音了！目前，德斯蒙德最需要克服的障碍是将通过人工耳蜗接收到的类似“唐老鸭”的声音转换成有意义的对话。对德斯蒙德来说，大部分人说话语速都太快且音调过高，难以理解。如果人们在说话时能够降低音调、减缓语速，并且直视德斯蒙德以便他读懂唇语，那么德斯蒙德还是可以和人们进行流畅的交流。

1991年，德斯蒙德的妻子多萝西被诊断出患有癌症。多萝西是一位具有学士学位的注册护士，她十分清楚与癌症斗争意味着什么。这一年，德斯蒙德和多萝西的母亲都因癌症而去世。所以多萝西认为只有尽量推迟手术才能维持更高质量的生活，因此她选择了医院治疗，但并没有接受手术。我依稀记得，在10月17日多萝西决定去一趟医院——她大概想要进行手术了。多萝西是个极其坚强的人，只有剧烈的病痛才会促使她做出这样的决定。记得那是一个下雨的早晨，德斯蒙德开车送多萝西去镇上。车速并不快，德斯蒙德在某个拐弯处踩了一下刹车，车子有些打滑，一下失去控制冲上了人行道，路边的电话线杆正好撞上多萝西所在的那一侧，致使她当场死亡。在二战期间经历了无数生死的德斯蒙德赶紧查看妻子是否还活着，但此时她已经没有生命迹象了。救援人员赶来后用救生颚气动工具将车钳开，抬出了多萝西的遗体。多萝西的去世对德斯蒙德来说是一个巨大而沉重的打击。因为德斯蒙德没有自己的车更不想再开车，于是几天后我开车送他参加葬礼并送他去了一趟查塔努加国家公墓。

为妻子选好墓址后，他坐在我那并不宽敞的汽车后座，一个人哭了很久。我在一旁静静等着，直到他说可以走了。终于，德斯蒙德停止了哭泣，说："其实，我应该知足。起码她不再痛苦，也用不着再进行手术了。"

没有多萝西相伴，待在家中对德斯蒙德来说如同身处炼狱。他给我打来电话询问是否能和我们同住一阵子，我们当然十分乐意。没过几天，我们就试着教他做一些自己喜欢的菜肴。除了小点心，德斯蒙德从未给自己做过饭，对他来说，试着给自己做顿饭并不是一件容易的事。

虽然德斯蒙德常常被人群簇拥着，但他仍然时常感到孤独。几个月之后，他开始考虑如果能遇到心仪之人，那就再结一次婚。大概在多萝西去世两年后，德斯蒙德和一位叫弗朗西丝·迪曼的女士相爱了。1993年7月1日，他们结了婚。现在，弗朗西丝成了他的耳朵，为他记下那些谈话内容和布道辞。对弗朗西丝来说，这些事称不上负担，她反而乐在其中。他们的爱情让周围的一切变得更加美好。吃饭时，他们总会先做祷告，然后亲吻对方，最后才开始用餐。

1999年，德斯蒙德被诊断出患有膀胱癌。接受放射治疗期间，他的身体异常虚弱，甚至连食物都无法咽下。德斯蒙德的毕生精力都花费在创建“探路者”上，这是一个童子军组织。他生病期间曾被邀请去参加在威斯康星州奥什科什市举办的全国探路者童子军露营活动。这个活动通常有来自53个国家大约22000至30000名的年轻人来参加。德斯蒙德一直都很喜欢接触年轻人，而年轻人对他更多的是崇拜。有时，会有两三百号的年轻人排队等着和德斯蒙德交谈，或是想要得到他的亲笔签名。由于身体原因，这个活动他差点没能成行。但上帝还是赐给了德斯蒙德健康，让他能去参加这个活动。他身上居然没有一点儿放射治疗的不适症状。这一年，当他再次踏上演讲台，22000名参加探路者活动的年轻人为他起身鼓掌，掌声经久不息。在这里，他获得了探路者活动中的最高奖项——荣誉大师级领路人，得到如此殊荣让他欣喜不已。

每一次见证德斯蒙德讲述他在战争中的故事时，大约250名探路者和他们的父母都会听得十分入迷。按照常理，那个年纪的孩子会比较多动吵闹，但是德斯蒙德讲话的时候，那群孩子都安静像被催眠的小老鼠。

多年来，很多公司和个人都想向德斯蒙德买下他故事的版权来制作一部好莱坞式的电影，比如那种带点科幻性质的惊心动魄的惊险电影，并期望从中获得巨额利润。德斯蒙德对此感到十分心痛，他说："我的故事不仅仅事关自己。在钢锯岭上的时候，刚开始我拖了两三个人到悬崖边上，都是趴在地上进行的，后来我站起来扛他们，并没有想着躲避子弹。我觉得既然刚开始我能幸免于难，那么上帝一定会护佑我到底。于是我一直向上帝祈祷，让我再多救一个、再多救一个，直到他们都被放到崖下为止。我原以为我会在上面被打死，但是我却安然无恙，就好像上帝在冥冥之中保佑着我一样。"所以德斯蒙德认为他必须保护他的故事不被随意篡改，也不能被那些电影公司当作赚钱的工具。虽然卖掉故事的钱足够德斯蒙德享受一辈子，但他还是拒绝了所有的购买者，因为那些所谓的"未来的制作人"都不愿意和他坦诚相对。也许有些人觉得他们可以利用这个单纯的乡村男孩，但是他却有着钢铁般的意志和对信念的笃定与虔诚。

于是，2000年德斯蒙德将故事的版权包括制作成电影和发行书籍的权利都给了基督复临安息日会佐治亚—坎伯兰协会。他唯一的条件就是该协会必须对故事的版权进行保护，并对与故事相关的收藏品和纪念品进行保存和管理，所有收益必须用于投入青少年的品格发展上。与此同时，德斯蒙德·道斯委员会也相应成立，委员会的第一项重要计划就是趁德斯蒙德在世时为他拍摄一部纪录片。在妻子的帮助下，德斯蒙德在身体允许的情况下参加了多次拍制准备会，对拍摄内容提

出了很多自己的建议。该片导演是特里·本尼迪克特，纪录片播出后大获成功，在许多电影节上都纷纷得奖。同时这部纪录片也颇受老兵们的喜爱，曾经多次在国家电视台、美国军中广播和美国国防部新闻频道进行播出。不仅如此，该纪录片也在全球发行。

纪录片收获成功后，德斯蒙德同意将他的经历改编成电影。喧嚣影业和华登媒体公司最终获得了电影拍制权。经过长达11年的耐心等待以及断断续续的筹备工作，电影制作团队终于成立，各项投资也悉数就位，电影也成功获准拍摄。2015年秋天，电影在澳大利亚正式开拍，比尔·梅凯尼克担任制作人，梅尔·吉布森出任导演，安德鲁·加菲尔德成为德斯蒙德·道斯的扮演者。

为了战胜肺结核，德斯蒙德必须接受切除左肺的治疗，这给他留下了呼吸困难的后遗症。手术后，德斯蒙德身形渐瘦，体重大概只剩下145磅或150磅。晚年，德斯蒙德会骑着乘骑式草坪割草机给院子除草，但由于呼吸困难的后遗症和逐渐衰退的视力，维护这么大一个院子对他来说着实有些困难。于是他们决定搬到弗朗西丝儿子迈克·迪曼家的隔壁，那是在阿拉巴马州的皮德蒙特。德斯蒙德整理出了成箱的照片、报纸和纪念品等需要好好保存的东西。搬家准备过程中，专门腾出了一个小房间放置这些物品。这些藏品最终委托给德斯蒙德·道斯委员会，现藏于加利福尼亚洛马林达大学德尔·韦布图书馆的文物室中。这些资料包含了德斯蒙德与六位美国总统以及其他来自世界各地的众多知名人士的合影。

后来，德斯蒙德身体逐渐衰弱，在2006年3月23日逝世，享年87岁。德斯蒙德被葬于田纳西州的查塔努加国家公墓里，墓地在靠近山顶的荣誉勋章纪念树旁。

德斯蒙德最喜爱的《圣经》中的一句是："你要专心仰赖耶和华，不可倚靠自己的聪明。在你一切所行的事上都要认定他，他必指引你的路。"（箴言篇3：5，6）

莱斯·斯皮尔①

---

① 莱斯·斯皮尔是基督复临安息日会佐治亚—坎伯兰协会的一位信托官员，并且常年担任德斯蒙德·道斯的牧师。

在纪念设立国会荣誉勋章100周年的仪式上，其他在二战中获得勋章者推选道斯作为参加仪式的代表。道斯与肯尼迪总统进行了长时间的交谈。（加利福尼亚洛马林达大学德尔·韦布图书馆友情提供）

1969 年，德斯蒙德和“自由基金会”小组成员从越南回国后向尼克松总统汇报情况。（加利福尼亚洛马林达大学德尔·韦布图书馆友情提供）

按惯例，美国总统的就职典礼都会邀请荣誉勋章获得者参加。德斯蒙德已经至少参加了六次。图为德斯蒙德和他第二任妻子弗朗西丝与乔治·沃克·布什总统的合照。

德斯蒙德演示他所发现的双套结，以及他曾将 75 名伤者从高地上放下去的索套。

德斯蒙德正展示他在钢锯岭的断崖上救助伤员时使用的双套结。

双套结的打法和拆法都很简便，并且在负重的情况下不易松开。

图中铜像生动再现了道斯在断崖边救助伤员的情景，道斯将救生绳捆绑在矮树桩上形成滑轮装置，以便从悬崖上缓缓放下伤员。（加利福尼亚洛马林达大学德尔·韦布图书馆友情提供）

图中铜像生动再现了道斯在断崖边救助伤员的情景，道斯将救生绳捆绑在矮树桩上形成滑轮装置，以便从悬崖上缓缓放下伤员。（加利福尼亚洛马林达大学德尔·韦布图书馆友情提供）